Carnet d'Angela
Dimanche 31 août

Salut Tristan,

C'est grâce à Mar si je suis là. Je veux dire en train de t'écrire sur ce petit carnet. Avant-hier, la veille de son départ, Mar m'a parlé de son journal, elle m'en a lu des bouts. C'était à la fois triste et gai. Il y avait des émotions, des réflexions, ça partait un peu dans tous les sens, mais ça lui ressemblait et ça m'a plu. En l'écoutant, j'ai pensé que je pourrais faire pareil, mais plutôt que de me parler à moi-même, je me suis dit que je pourrais essayer de t'écrire, puisque je pense souvent à toi. Ce serait comme un journal, sauf qu'il te serait destiné. Un journal pour te faire partager ce que je vis…

Mar a dû le sentir car, juste avant de repartir pour sa lointaine banlieue, elle m'a offert un joli paquet bien emballé, avec un carnet à l'intérieur. Ce carnet. Ça m'a fait super plaisir mais rendu un peu triste aussi… Ça sonnait la fin des vacances, la fin de mon été avec les Inséparables.

C'est aussi grâce à Mar si j'ai été adoptée par les Insép. Car (incroyable, non ?) je fais partie d'une bande ! Trois filles qui s'adorent, oui, oui, une vraie bande de filles qui parlent de fringues et de garçons, mais pas que… Avant, quand tu étais encore là, je te disais souvent :

« Jamais je ne pourrais avoir des amies filles. Elles sont trop débiles, trop superficielles. » Et puis quand tu es parti, je me suis dit « Jamais plus je ne pourrais avoir d'amis. C'est trop dur quand ils vous abandonnent. » Car c'est ce que tu as fait : tu m'as abandonnée. Non ?

Donc, j'ai des amies, de vraies amies et je n'ai pas peur qu'elles m'abandonnent. Ma préférée, tu t'en doutes, c'est Mar. Elle me fait rire, toujours en train d'inventer des trucs farfelus, avec ses mots à elle. Elle me manque Mar, même si elle n'est partie que depuis hier. Et puis il y a Sand, qu'on n'a pas vue beaucoup cet été, parce qu'elle a quitté Cherbourg fin juillet, pour aller travailler dans une usine de betteraves, à côté de chez elle. Sand la rebelle avec son perfecto rouge tout usé et son regard mitraillette. Elle n'a pas donné beaucoup de nouvelles au mois d'août. De temps en temps, un petit message pour dire qu'elle n'était pas si mal dans son usine sucrière, qu'elle pensait à tous les sous qu'elle allait gagner et que peut-être elle allait s'acheter une nouvelle basse. Sand, à 1000 à l'heure, déjà propulsée vers son futur lycée musique...

Et puis, il y a Sol dont je te parlerai un autre jour, parce que c'est un peu compliqué avec elle...

Les vacances ont démarré très fort entre les cousines au sang chaud. Sol en voulait tellement à Sand d'avoir fugué en mai sans lui donner de nouvelles, qu'elle a failli ne pas venir. Les retrouvailles ont été explosives ! Sand ne s'est pas laissé faire et elles se sont hurlé dessus pendant des heures. Mar comptait les points en rigolant à moitié. Moi, tu sais bien que j'ai horreur d'entendre les gens crier, j'avais juste envie d'appeler les secours.

À la fin, Sol a pris un stylo et un bout de papier et elle a écrit : « je soussignée, Sand, jure de ne jamais coucher avant mes 18 ans, de ne plus faire de fugue et de ne plus avoir de secrets pour mes amies. » Sand a bien voulu signer, mais elle a rayé la ligne « coucher avant mes 18 ans » et a ajouté au gros feutre : « déjà fait ! » Tu vois, elles sont cash, mes nouvelles amies. Mais quand c'est dit, on passe à autre chose. J'aime ça, chez les Insép. Avec elles, c'est comme avec toi : sincère, direct, profond.

Après, l'été est passé à toute vitesse. Mar est la seule qui soit restée à Cherbourg tout le temps des vacances. Pas de chance, le premier été où je fais partie de la bande c'est aussi la première fois qu'elles ne passent pas les deux mois ensemble à Cherbourg. Parfois, on était trois, parfois on était deux, et on a été quatre pendant à peine dix jours, les meilleurs. J'ai adoré me retrouver avec elles dans leur grenier aménagé en chambre géante avec plein de petits souvenirs de leurs étés précédents accrochés un peu partout. Le maillot rayé taille sept ans, le coquillage peint en jaune avec des gros pois mauves, la grande affiche de Bob Marley. Je voulais tout savoir de ce qu'elles avaient fait pendant les autres vacances. J'ai dû les soûler par moment avec mes questions, mais elles ne me l'ont jamais fait sentir, même si j'ai eu droit à mon lot de vannes.

En fait, je devrais plutôt dire qu'on était parfois

deux + 1, parfois trois + 1 ou quatre + 1. Le + 1, c'est un garçon. Nigel, un Anglais que Mar a dégotté sur la plage, devant sa maison de location au début des vacances. Pas moyen de passer un moment avec Mar sans lui. Ils sont restés collés l'un à l'autre comme des aimants jusqu'à la fin du mois de juillet. L'Anglais, on l'a surnommé « la P'tite Bernique » et on n'a jamais voulu lui dire ce que c'était… Le jour où il est parti, Mar s'est enfoncée dans le sable, jusqu'au cou, à l'endroit où elle l'avait rencontré et elle a dit qu'elle ne bougerait pas de là avant qu'il revienne. On lui a demandé quelle était sa dernière volonté et elle a répondu de son air le plus désespéré en regardant la mer montante : « des fraises Tagada au jus de framboise. » Et ça a été un des plus beaux fous rires de l'été. Mar, je l'adore. Mais franchement, Nigel, je ne suis pas sûre que ce soit un mec pour elle… je te parlerai de ça une autre fois.

À bientôt, Tristan.

Dimanche 31 août, 20h
De: M@r
À: @ngela
Objet: un gros cafard qui pue

Coucou mon Nange,

Oui, je sais que je ne suis pas censée t'écrire, oui, je me souviens qu'on a dit qu'on attendrait le 2 septembre 18h pour se co sur le réseau toutes les quatre en même temps. Mais tu me manques trop. Deux jours sans toi, je dévalise de déprime.

On a quitté Cherbourg aux horreurs et comme si ce n'était pas assez douloureux comme ça, il a fallu que mon père et ma mère se prennent la tête tout le trajet. Hermine avait prévu le coup, elle a passé le voyage les neurones enfouis sous ses écouteurs. Moi, je n'avais plus de pétrole dans mon MP3, alors impossible d'éviter leurs écharpages.

Heureusement, devine ce qu'il y avait dans ma boîte aux lettres en arrivant ? Trois cartes postales. Pas une ni deux, TROIS ! Devine d'où ! You got it ? From UK ! Elles m'ont trop fait plaisir ! Je les ai punaisées au-dessus de mon lit et tous les cinq battements de cœur, j'enlève les punaises et je retourne les cartes. Le texte ou l'image ? Je ne sais pas quoi choisir. Bon, c'est sûr que le texte, ce n'est pas vraiment du Shakespeare. « Kiss you, Miss you, Love from London. » Mais quand même, il est trop chou mon Nigelou. Tu te souviens quand il a escamoté le mur de la maison des cousines pour me rejoindre ? De le voir enjamber le balcon dans la nuit, c'était follement romantique, non ? Et après quand la mère de Sol a débarqué dans le grenier parce qu'on l'empêchait de dormir et qu'elle l'a trouvé en train de jouer aux cartes avec nous... Aïe aïe aïe ! Tu sais quoi, mon Ange, c'étaient les meilleures vacances de ma vie.

Tant que j'étais à Cherbourg, il ne me manquait pas trop, mais maintenant que je suis rentrée, je pense à lui tout le temps, je me demande quand on pourra se revoir. Je me suis connectée sur Skype en arrivant, mais il n'a pas répondu… Tu sais quand c'est la rentrée en Angleterre, toi ?

Oh purée, ma mère s'énerve encore ! Quand je pense que j'ai dix mois à tenir loin de Cherbourg, j'ai la tremblote. L'été, ah quel pied ! je n'arrête pas d'y penser… Pourquoi l'été, ça ne peut pas proliférer toute la vie, hein ? Trois Inséparables + un amoureux, que demander de plus ? Et là, d'un coup, plus rien. Juste ma mère qui débraille du matin au soir et le ronron du boulevard. Monange, au secours ! Je vais mourir !

C'était un minimini mail désespéré, tu t'en es rendu compte. Je t'embrasse très fort. Bon courage pour ta rentrée !

Mar

JustFriends. Groupe Les Parasols de Cherbourg. Mardi 2 septembre, 18 h 02

MAR

Holà, quelqu'un ?

ANGE

Oh, oh, oh, salut Mar !

SOL

Admirez les filles, j'ai fait l'effort de me lever à 11 h du mat pour me co avec vous, alors que pour moi ce n'est même pas la rentrée ! Vous appréciez le geste, j'espère !

MAR

Arrête un peu avec ta Martinique et ton jour de vacances en rab, Sol !

SOL

Oh, tu vas pas chipoter pour un pauvre jour !

MAR

Si, et même je trouve qu'ils devraient vous donner moins de vacances... Vous avez déjà le soleil toute l'année.

ANGE

Sand n'est pas là ? Elle commençait aujourd'hui, non ?

SOL

Elle va sûrement arriver... Elle est peut-être perdue dans les couloirs de son nouveau bahut.

MAR

Je crois bien qu'elle rentrait à l'internat hier soir. Avec sa grosse valise, sa couette, son doudou, ses Doc's et sa dynamite. Elle avait un peu le crac !

SOL

Bon et vous ? Toi, Mar, how was your day ?

MAR

Malheur ! Je suis perdue, égarée, dégoupillée !

SOL

Hein ? Quoi ? Qui ?

MAR

Je reconnais que quouique...

SOL

À quoi, ma poulette ?

MAR

Ben, au lycée…

ANGE

Normal, c'est ton premier jour !

MAR

On a toutes loupioté sur cette rentrée au lycée ! Eh ben, honnêtement, ça me fait tout bizarre de ne pas voir les murs de bagne de mon vieux collège. Est-ce possible ? La bogue de Madame Châtaigne et le carrelage rose vomi du groupe scolaire Saint-Joseph me manquent… Non, je dois être folle !

SOL

Ton lycée, pire que Saint-Jo ? J'ai du mal à te croire…

MAR

Je ne sais pas trop encore. Ma classe a l'air assez sympa. Mais, bon, rien de… Pas de visages balistiques qui donnent envie de faire illico ami-ami. Oh là là, vous me manquez !

SOL

Pauvre Mar, je suis sûre que tu vas vite t'y faire ! Et Ange, comment c'était la rentrée pour la bonne élève des Parasols ?

ANGE

Ça va, le lycée a l'air chouette !

MAR

Chouette ? C'est une grande boîte de nuit avec trois pistes de danse, jacuzzi et karaoké ?

ANGE

Non, non, un lycée tout moche, normal. Mais j'ai

bien aimé leur façon de présenter les choses. Déjà, mon prof principal, c'est celui d'arts visuels, et il est dingue de photo. On va faire plein de sorties avec lui…

SOL

Il est mignon ?

MAR

Sol, c'est un prof !!!

ANGE

Ça dépend des goûts… En tout cas, je ne crois pas que ce soit le genre de ma mère, et c'est déjà une bonne nouvelle ! De toute façon, je l'empêcherai de venir au lycée, je ne veux plus prendre aucun risque. Elle sort déjà avec mon prof de français de collège, ça suffit comme ça.

SOL

Comment ça va, ta mère et son Xavier ? Toujours love-love ?

ANGE

À fond ! Je dois vous laisser, ma mère veut que je déco. C'est mon tour de vidage du lave-vaisselle.

SOL

Oh zut, j'aurais aimé vous raconter mon programme du jour : plage, coquillages et crustacés.

MAR

Ma pauvre, c'est d'un enduit !

SOL

On se reco dès qu'on voit apparaître Sand ?

MAR

Ooooooffff courz…

Mardi 2 septembre, 20h38
De: S@nd
À: Sol, M@rion, @nge
Objet: Internat préhistorique!

Accrochez-vous à vos chaises, tabourets, rocking-chairs, je n'ai plus accès à JustFriends ! Les ordi de l'internat sont un outil de travail, voilà ce qu'on m'a expliqué. Les mails, oui, mais pas de réseaux ! J'ai dit que j'allais mourir si je ne pouvais pas garder le contact avec ma famille – c'était bien sûr à vous que je pensais – quoi qu'il en soit l'accès aux Parasols est bloqué !

Pour l'instant, je vais devoir me contenter de vous envoyer des mails groupés. J'espère que je trouverai une solution pour me co, sinon je ne passerai pas l'année, sûr ! Je ne suis pas loin de vous interdire d'aller sur Just-Friends sans moi, mais vous allez encore m'accuser de faire la commandeuse. Alors allez-y, profitez, connectez-vous, racontez-vous vos petites histoires, rigolez bien pendant que je suis seule, toute seule, en train de pleurer sur mon lit en regardant les champs depuis ma fenêtre. Oui, on est au milieu des champs, ça ne me change pas beaucoup, ce doit être la malédiction de ma vie, sauf qu'ici ils ne font pas dans la betterave !!!!

En vrai, je ne pleure pas, je n'ai pas le temps ! Ça file à toute vitesse depuis mon arrivée. Mes parents avaient une drôle de tête en me voyant sauter dans tous les sens pendant la visite. J'ai une super petite piaule pour moi toute seule que je peux décorer comme je veux, mes voisines ont l'air potables et, le soir, les internes musiciens ont accès aux salles de répèt insonorisées. Waouh !!! Je sens que je vais m'éclater côté musique ! Là, il faut que je vous laisse parce qu'on se retrouve dans le local de répétition, tous les élèves à cordes (pas que les guitaristes et les bassistes, mais aussi les violonistes, violoncellistes…) pour voir quel genre d'orchestre on pourrait faire.

À bientôt, jurez-moi de me répondre toutes les trois en même temps, je veux crouler sous vos messages ! Je vous embrasse, croquettes de mon cœur et j'attends !!!

Sand

JustFriends. Groupe Les Parasols de Cherbourg. Mercredi 3 septembre, 17 h

ANGE

Mar, tu es co ?

MAR

Rourourourou… Oui, me voilà ! Enfin un peu d'amooooouuuur dans ce monde de brusques…

ANGE

Qu'est-ce qui ne va pas ?

MAR

Rien. C'est juste Nigel…

ANGE

Ah ! C'est fini ?

MAR

Non, non. Mais Skypelou, c'est beaucoup beaucoup plus chelou que les grisous dans le cou !

ANGE

Oui, sans doute. Et au lycée ?

MAR

Il est éléphantesque, ce lycée, avec des kilomètres de couloirs et quatorze bâtiments différents et mon GPS intégré est en surchauffe. Du coup, hier, quand j'ai enfin trouvé la cantine, le dernier service était fini.

ANGE

Argh !

MAR

Ange, j'ai le cœur qui tombe en miettes dès que je croise des grands blonds ! J'ai même réussi à percuter deux fois Nigel dans la cour.

ANGE

Comment ça ?

MAR

Oui, je sais, c'est hallucinogène ! Nigel, il est dans son lycée en brique de l'autre côté de la Manche, mais mon cerveau m'assure que le garçon de dos, là-bas, c'est lui. Et illico je deviens toute blête, mon cœur s'emballe, je décolle. Jusqu'à ce que le grand blond se retourne… et que je fasse un gros Boum ! Et si je m'exilais en Grande-Bretagne ? Déjà j'adore le thé, la Westminster sauce et les grands blonds à taches. Je t'avais dit que quand je mettais mon nez dans son cou, ça sentait la tartine au miel ?

ANGE

Tu pourrais aussi tester le cou des bruns... Ils sentent peut-être le Nutella ?

MAR

Tu rigoles ? Je kiffe trop mon Nigelo ! Et toi, tu as piloté de beaux blonds ou de beaux bruns dans ton night-club scolaire ?

ANGE

Honnêtement, je n'ai pas fait attention, mais j'ai jamais été aussi détendue à la rentrée. De penser aux Inséparables, ça allège les journées. Tu as vu le mail de Sand ? Ça m'étonnerait qu'on puisse se co avec elle aujourd'hui, dommage...

MAR

Avec Sand, on peut s'attendre à tout. Elle est tellement enragée qu'ils ont déjà dû l'enfermer dans les sous-sols ou la virer parce qu'elle avait mordu une prof...

ANGE

Mar, ne parle pas de malheur !

MAR

Elle ne nous a pas dit si elle rentrait chez ses parents le week-end ?

ANGE

Je ne sais pas. Ça fait vraiment des bornes...

MAR

Tu l'imagines, le vendredi soir : elle regarde tous les autres partir et elle reste seule dans le grand crottoir vide.

ANGE
Crottoir ? Tu voulais dire quoi ? Dortoir ?

MAR
Ange, s'il te plaît, tu corriges direct, tu ne me demandes pas toutes les cinq minutes… Bref, je la vois, trop pierre pour demander de l'aide, mais son petit cœur saigne silencieusement.

ANGE
Une seconde, je dégaine mon Kleenex !

SOL
Ça pleure dans les chaumières ? Coucou les belettes !

MAR
Salut Sol ! Comment c'était ta rentrée ?

SOL
Un interrrrrrminable après-midi de rentrée… Je suis épuisée !

MAR
Et c'est déjà fini ? Tu n'as plus cours jusqu'à l'automne prochain ?

ANGE
Sans rire, vous avez moins de cours que nous en Martinique ???

SOL
Avec la chaleur qu'il fait, deux heures en classe par jour, c'est un maximum ! Après nos cerveaux se mettent à bouillir.

ANGE
Sérieux ?

SOL

Bah, non, tu es trop naïve, Ange. Mon emploi du temps est juste plein de trous et, à cette heure, j'étais sûre de vous trouver ! Alors Mar, c'est la grande scène des larmes et des sanglots ?

MAR

Vous n'y pensez pas, vous, à notre Sand ? Je la vois assise au bord de son lit serrant sa petite balise dans ses bras et regardant par la fenêtre. Ça vous fait pas défaillir ?

ANGE

Dans son mail, elle n'avait pas l'air trop malheureuse… enfin à part le problème du réseau.

MAR

C'était le premier jour. Depuis elle a compris : ils mangent tous les jours des choux de bretzels et les punaises courent sur son matelas ! Sans compter que ça doit être horrible de passer ses jours et ses nuits avec 40 filles qu'on ne connaît pas… surtout pour Sand qui a envie de vomir dès qu'elle sent l'odeur du fond de teint…

SOL

Éteins ton film, Mar, et arrête de délirer. Sand est interne depuis la sixième. Et les photos de son nouvel internat, ça fait carrément rêver, chambre individuelle avec douche, salles de répèt et tout. On dirait un palace comparé à mon lycée !

MAR

J'insiste, je sens qu'elle est malheureuse ! Sans le réseau, elle s'assèche, elle perd sa lumière…

SOL

Ah Marounette, arrête cinq minutes de te faire pleurer pour le plaisir ! En vrai, elle s'éclate tellement qu'elle n'a pas le temps de penser à nous, entourée d'une bande de groupies qui tombent dans les vapes dès qu'elle touche sa basse…

ANGE

Comment on fait pour qu'elle se sente moins seule ? On lui écrit chacune un mail ?

MAR

J'ai un truc à vous proposer. On lui écrit toutes un mail et on freine le réseau, par solidité avec elle.

ANGE

Oui, ça serait sympa !

SOL

OK, les solidaires. Désolée, je dois filer ma mère a encore mal au crâne… il faut que j'aille faire les courses à sa place. En ce moment, elle passe sa vie à se plaindre.

MAR

C'est le soleil des Tropiques ?

SOL

Je ne sais pas, mais depuis qu'on est rentrées, elle en profite à fond ! Elle reste allongée dans le noir avec des cataplasmes de moutarde qui puent… et c'est moi qui bosse du matin au soir ! Le bon côté, c'est que j'achète ce que je veux et que le frigo se vide lentement de ses racines et de ses pots de tofu moisi.

MAR

Tu sais bien que les moisissures sont folichonnes pour la santé !

ANGE

Même qu'il y en a plein le roquefort…

MAR

Vous vous souvenez la tête de Nigel quand il a goûté au roquefort pour me faire plaisir ? Il a tout recraché sur toi, Sol… Oh là là, le trou-rire interminable !

SOL

Mouais, dégueu, je vous laisse à votre moisi. Je file, à plusse !

> Mercredi 3 septembre, 22h15
> De : @nge
> À : s@nd
> Objet : re : Internat préhistorique !

Coucou Sand jolie,

Ça faisait envie ton mail sauf pour l'accès Internet bien sûr… Tiens bon du fond de la Préhistoire ! Je suis sûre que tu vas trouver une façon de revenir sur le réseau même si c'est moins souvent.

Tu sais, l'année dernière, c'était pareil pour moi, je pouvais seulement utiliser l'ordi de ma mère pour envoyer des mails (et sous sa surveillance encore !). Quand on écrit des mails, on peut prendre son temps pour raconter, se confier. C'est un peu comme ça qu'on est devenues amies avec Mar. Je me doute que ça doit être dur d'être tout d'un coup privée des discussions sur les Parasols, mais tu vas peut-être découvrir autre chose. Bon, je vois déjà la tête que tu fais en me lisant, tu as ton petit sourire moqueur et tu te dis que je suis vraiment « une gentille fifille qu'a encore du sirop de grenadine qui lui sort du nez »... D'accord, mais je suis positive pour contrebalancer l'imagination débordante de Mar. Elle croit qu'il y a un cachot souterrain dans les sous-sols de ton internat... et que tôt ou tard, tu y passeras tes nuits. Quant à Sol, elle t'aime tellement qu'elle est persuadée que tu vas te faire plein d'amis géniaux et que tu vas l'oublier. Pour que tu nous oublies pas, on va toutes t'écrire en même temps ! Et on a décidé de ne pas se connecter aux Parasols sans toi. Tu es contente ?

Comme maman me demandait de tes nouvelles, j'ai parlé de ton mail et j'ai raconté un peu les délires de Mar. Du coup, on vient de regarder *Oliver Twist*. Tu connais ? Ça se passe dans un orphelinat anglais où les enfants sont maltraités. Si jamais Mar voit ça, elle va venir te chercher en hélico !

Quand je repense à cet été (et ça m'arrive souvent, très souvent), je me dis qu'on ne s'est pas assez vues, que c'était vraiment trop bête que j'aille faire du camping pendant que tu étais encore à Cherbourg. Je me serai bien passée des « vacances avec notre nouvelle famille d'amour » imposées par maman !

Je sais que tu l'aimes beaucoup, ma mère, et que tu trouves que j'ai de la chance, mais là, vraiment, c'est trop, son sourire permanent sur la figure. Depuis qu'elle est amoureuse, elle trouve tout comique, c'est ultra agaçant. Le plus jeune des Bisla lui renverse la bouteille de jus de raisin dessus, elle « adore » ! Youssouf fait la tête du matin au soir, « c'est un artiste » ! Ça pue la bouse de vache dans le champ où on campe… et ben non, « ça fleure bon l'air campagnard ! ». Et le pire c'est qu'elle voudrait que j'acquiesce à chaque fois. Moi, je trouve que la bouse de vache sent toujours affreusement la bouse de vache, désolée. Et j'aurais mille fois préféré rester avec mes amies à Cherbourg à faire la navette entre votre grenier magique et la plage que de camper en famille recomposée. Enfin bon… vous êtes là et je vous adorrrrrre !!! Et toi, ma punkette aux grands yeux, j'espère que tu fais de la musique comme tu en rêvais !

Je t'embrasse fort fort,

Ange

> Jeudi 4 septembre 16h45
> De: S@nd
> À: Sol, M@r, @nge
> Objet: RV demain à 21h!!!!

Les chéries, je vous envoie vite fait ce mail du CDI qui ferme dans un quart d'heure. Demain à 21 h, je serai chez moi, dans ma maison, devant mon ordi !!! J'ai hâte de vous causer ! Merci pour vos messages. Je n'ai pas pu vous répondre parce que les journées sont super chargées au lycée et les soirées aussi. Mais j'apprécie beaucoup, beaucoup votre bonne résolution. Je serais bien vénère si vous preniez l'habitude de papoter tous les jours sans moi ! Sol, je ne sais d'où tu sors que je suis entourée d'une bande de groupies qui me sucent toute mon énergie, il n'y a que des dieux de la musique ici et j'ai l'air d'une débutante à côté d'eux ! Ange, je ne suis pas sûre d'arriver à ton niveau de sagesse par rapport aux mails (et désolée pour l'état alarmant d'amour de ta mère). Et ma petite Mar range ton mouchoir, je vais bien (même pas vu l'ombre d'un cachot). Continuez à remplir ma messagerie de vos trucs dégoulinants, sirupeux et de tout ce que vous voudrez ! Je vous embrasse. Et surtout, soyez co demain et tout le week-end ! C'est vraiment trop dur de ne pas pouvoir vous parler quand je veux…

Votre amie Sand quelque part dans le trou du cul du cyberespace

Carnet d'Angela
Vendredi 5 septembre

Salut Tristan,

En lisant ce mail de Sand, je me suis dit qu'on n'a pas forcément besoin d'être connecté pour garder le contact avec les gens qui nous sont proches. Nous deux, par exemple, sans ordi, sans téléphone, même sans paroles, on arrive bien à communiquer, non ?

Parfois, je te pose des questions et j'ai l'impression que tu me réponds silencieusement. Mais, parfois, j'entends presque ta voix comme si tu parlais quelque part dans ma tête. L'autre jour en histoire, le prof citait je ne sais plus quel écrivain-résistant qui a dit « le savoir est une arme ». Moi, je m'endormais un peu, j'aurais bien fait une sieste dans le rayon de soleil qui tombait sur ma table. Et j'ai entendu ta voix : « Je suis pacifiste, je préfère rester ignorant. » C'est tout à fait ton genre de provoquer comme ça. Bien sûr, tu n'as jamais été ni un ignorant ni un idiot, juste un petit malin qui ne supporte pas les certitudes confortables et les grandes phrases un peu creuses. Je suis sûre que c'est toi, parce que je serais incapable de penser un truc pareil toute seule. En temps normal (je veux dire avec un store qui cache le soleil de l'après-midi et moins de frites grasses de cantine), j'aurais sûrement trouvé cette citation trop belle, trop vibrante, trop juste. Parce que sans toi, je suis Angela la bonne élève, la gentille fille qui veut toujours bien faire et qui trouve que sa maman a toujours raison et qu'il faut respecter les profs qui font le plus beau métier du monde. Je crois que je serais devenue une fille très chiante si je ne t'avais pas rencontré…

Bon, évidemment, je ne me vois pas expliquer à Sand que, si on s'aime vraiment et qu'on se manque très fort, c'est pas si difficile de se connecter mentalement. Je suis sûre qu'elle se foutrait carrément de moi. On est très proches depuis sa fugue et les quelques jours qu'elle a passés à la maison. Le premier soir, elle avait dormi dans la cabane pleine d'araignées et je lui avais un peu parlé de toi, de notre histoire-relation-disparition. Un tout petit peu, parce qu'elle avait des problèmes urgents à résoudre et que je n'aime pas m'étaler sur mes problèmes à moi qui sont, comment dire, des problèmes… morts. Elle m'a écoutée sans rien dire, mais j'ai vu dans ses yeux qu'elle avait vraiment écouté. Tu sais, chaque fois que je rencontre quelqu'un qui me plaît, je me demande ce que tu en penserais. Et Sand, je suis sûre que tu l'aimerais bien. Elle me fait penser à toi, avec son humour à froid et cette façon de foncer la tête en avant pile-poil dans le truc qui lui fout la trouille, tu vois le genre ? Tu me manques.

JustFriends. Groupe Les Parasols de Cherbourg.
Vendredi 5 septembre, 20h55

SOL
Hé, les filles, c'est l'heure ! Je veux entendre vos jolis ting bling. Sand, t'es là ?

MAR
Saluti tutti !

ANGE
Hello ! Sand ?

SOL
Sand ! Sand ! Sand !

MAR
Vous croyez qu'elle a fait une fugue ? Peut-être que c'est son rythme : une fugue tous les six mois…

SOL
Trop drôle, Mar. Souviens-toi que, si j'ai accepté de lui reparler, c'est parce qu'elle a juré qu'elle ne fuguerait plus…

MAR
Je sais, je sais ! C'est même moi qui ai gardé le papier qu'elle a signé. Je l'ai punaisé sur mon mur avec les cartes postales de Nigel et les photos de nous deux…

SAND
Tu veux dire que tu nous as mélangées avec ton English maigrelet ? Sans nous demander la permission ?

ANGE
Ah Sand, super, te voilà !

SAND
Mes parents ne voulaient plus me lâcher. Mais comment vous m'avez manqué, mes croquettes !

SOL
Et nous alors ! C'est vraiment nul cet internat sans réseau…

SAND
En rentrant chez moi ce week-end, presque j'aurais pleuré de joie à l'idée de me connecter avec vous toute la nuit. Mais en vrai, je suis crevée. Complètement décalée. À l'internat, c'est miam-miam à 18 h 30 et extinction des feux à 21 h !

MAR
Mince alors !

SAND
Et le pire… le matin, lever à 6 h 15 !!

SOL
Moi je me lève tous les jours à 6 h pour être à l'école, depuis que je suis à la maternelle…

ANGE
Et moi, je me couche tous les jours à 21 h…

MAR
C'est vrai, je confirme. À 21 h, les petites paupières d'Ange tombent toutes seules. Pif paf, comme les grilles du RER. Mais, quand même des fois, c'est 21 h 02…

SAND
Voire 21 h 03 pour Noël !

ANGE
Euh… Et sinon, Sand, c'est comment ton lycée ?

SAND

Franchement ? Je traîne en tout bien tout honneur avec trois gars cools, Yann, Paco et Nils. Les profs sont globalement sympas, les élèves de la section musique forment une petite communauté à part dans le bahut. Tout le monde nous envie, on est un peu les rois de la cour de récré… Vous savez quoi, les filles, la vie ressemble à une part de gâteau à la banane en ce moment.

MAR

C'est dégueu le gâteau à la banane, non ? Et l'internat, pas trop déprimant ?

SAND

À part le niet Internet et les horaires de prison, ici, c'est largement mieux que mon internat normand. Surtout, le grand kiff c'est que, tous les après-midis, on a trois heures de musique !

MAR

Trois heures sur les cordes ! Tu dois avoir les phalanges en pâté !

SAND

Je ne fais pas que de la gratte. On a aussi des cours de solfège, d'harmonie, de chant, d'histoire de la musique. Ce week-end, il faut que je prépare un exposé sur la musique baroque…

MAR

Bas rock ? Ça gère la fougère…

SOL

Toi qui trouves que les Rolling Stones c'est fossile…

ANGE

Moi vivante, personne ne traitera Mick Jagger de fossile !

MAR

Tiens, mais t'es vivante ! Ange, je croyais que tu t'étais endormie.

ANGE

Eh ben non. En tout cas, ça a l'air vraiment cool, ce lycée musique. Et toi, Mar tu as pris quoi comme options ?

MAR

Moi ? L'option « tortue sur le dos ».

SOL

C'est pour qu'on te gratouille le ventre ?

MAR

En vrai, Saucisse-Endives-Saucisse.

ANGE

C'est quoi ça ?

MAR

SES quoi…

ANGE

Ah mais tout le monde fait ça !

SOL

Non pas tout le monde. Perso, je fais l'option « Regarde-moi comme je suis belle ! ». J'ai longtemps hésité à prendre en plus l'option mascara et faux cils…

ANGE

Moi, je suis trop contente de suivre le cours d'arts

visuels. En plus, notre prof, c'est un peu un dieu. On a cours dans un atelier. Et on dit qu'il offre le café aux terminales…

SOL

Dis donc, c'est d'un fou !!!

ANGE

C'était pour dire que le prof était cool.

SOL

Ange, te vexe pas… c'était pour rire. Vraiment si je pouvais me passer de suivre tous ces cours qui prennent des heures de ma vie pour apprendre des trucs qui ne me serviront jamais.

MAR

Meuh ma chouquette, ça te servira peut-être… Qui sait ?

SOL

La chimie par exemple ? Tu connais un truc plus inutile que la chimie ?

MAR

Si, ça peut te servir à te débarrasser d'un périmé encombrant par exemple.

SOL

« Périmé » ? Tu veux dire un ex ? Ah là, tu m'intéresses Mar.

MAR

Un bidon d'acide et pfffiout ! Ni vu ni tordu. Eh, mais, désolée, je dois vous laisser… Nigel est sur Skype !

SAND

Ça t'empêche pas de rester co avec nous…

MAR

Ah non, je veux être totalement concertée ! C'était chouette de vous parler ! Bizzzouuuu !

SAND

Je rêve ! Elle nous claque la porte au nez ! Je ne sais pas vous, mais elle commence à me faire braire avec son Nigel… Déjà qu'il nous a collées tout l'été !

SOL

Hum, Sand ? Je croyais que tu étais super de bonne humeur…

SAND

Mais vous ne trouvez pas qu'il prend toute la place, ce grand maigrichon ? Ange ?

ANGE

Je ne sais pas… Elle a l'air amoureuse, quoi.

SOL

Tu m'étonnes ! J'espère pour elle que Nigel ne deviendra pas un « périmé » aussi pénible que Robin…

SAND

Eh Robin-Bourrin est de retour ? Aïe aïe ! Raconte ! Raconte ! Il n'est pas content ?

SOL

On peut le dire comme ça. Il est pénible… enfin ce n'est pas très intéressant. Je dois filer aussi, ma mère m'appelle pour déjeuner. Salade de tofu à la spiruline et graines germées, beurk. Mais, bon, pour une fois qu'elle est debout et qu'elle a préparé quelque chose… On se reco demain ?

SAND

Ça marche, à demain ! Bébé Ange, tu n'es pas encore au lit ?

ANGE

Sand, ce n'est pas drôle…

SAND

C'est vrai ! Allez, bonne nuit !

ANGE

Toi aussi. À bientôt.

Carnet d'Angela
Vendredi 5 septembre

Bonsoir Tristan,

C'était si facile cet été, si léger. Pourquoi ce n'est pas pareil sur le réseau ? Pourquoi je suis si transparente ? C'est simple, elles m'ignorent. Et je n'ose même pas leur rappeler que j'existe. De toute façon, quand elles se souviennent que je suis là, c'est pour me vanner. Et je suis bien incapable de répliquer du tac au tac.

Je pensais que je faisais partie de la bande, qu'elles m'acceptaient comme je suis et je me disais qu'il fallait que je fasse pareil. M'accepter comme je suis. Ce n'est pas gagné ! Je me trouve nulle. Empotée. Bébé. Est-ce que c'est ça qui t'a fait tomber dans le grand trou ? Tu n'arrivais pas à t'accepter tel que tu étais ?

Il fait nuit depuis longtemps, et je n'arrive pas à dormir tellement cette question trotte dans ma tête. Tu ne veux pas m'envoyer une réponse ?

JustFriends. Groupe Les Parasols de Cherbourg.
Samedi 6 septembre, 19 h 38

SAND
Ah, quand même ! Des petits pois qui s'allument dans

la noirceur du grand espace numérique. Vous étiez où, les filles ? Je vous attends depuis midi !

SOL

Il EST midi chez moi. Je viens de me lever.

SAND

Argh, ce décalage horaire, je n'arrive pas à m'y faire.

ANGE

On dirait des paroles de chanson…

SAND

Bonne idée, écoutez la suite ! Et dans cet enfer, je cherche encore à te plaiiire.

MAR

Moi, je suis allée faire des courses avec mon pè-ère.
Tournée des hyper et des super-ère,
gondoles, parkings bondés et valse des caissiè-ères…

ANGE

Et moi, j'ai préparé un truc que je dois faire pour le cours d'arts visuels.

SAND

Oh comment tu tues ma chanson…

SOL

Sans Ange, tu frôlais le hit-parade, ma couz !

MAR

C'est quoi comme truc, Ange ?

ANGE

Je fais un collage avec des photos de Jackson Pollock…

MAR

Aaaaah, tu veux dire le guitariste ?

SOL
L'écrivain maudit?

SAND
Le basketteur afro?

MAR
Le dictateur asiatique?

ANGE
C'est un peintre américain, le roi du dripping. Il pose sa toile par terre et après il lance la peinture dessus en dansant comme un sorcier apache.

MAR
Aaaaah. C'est beau, mon Ange.

SAND
Ooooooh. C'est punk.

MAR
Et d'où tu connais ça toi, «Jackson dripping»?

ANGE
De mon cours d'arts visuels d'hier.

MAR
Et avant, tu connaissasses?

ANGE
Non, juste entendu parler, comme ça.

MAR
Ouf, je me sens moins mollusque. Quoique, en ce moment, ça me plairait bien d'être un mollusque et d'avoir une carapace pour moi toute seule, où je puisse rentrer même le bout de mes cheveux fourchus…

SOL

Qu'est-ce qui t'arrive Marounette ? Encore ce vilain mignon Nigel ?

MAR

Non. C'est à la maison. Je suis passée dans une faille de l'espace. Ou du temps. Ou des deux. Ou alors, j'ai muté de mère ! J'ai fait des tests : laisser traîner mon bol de céréales pas finies dans le couloir, mes paupiettes mouillées sur le canap, le dentifrice débouché (un crime qui m'aurait valu au moins la torture avant). En tout cas, je peux te dire que ma mère ne réagit plus à rien.

ANGE

Je ne comprends pas… C'est pas cool, ça ?

MAR

Je n'ai pas fini. Ma mère est trop occupée à harceler mon père. Elle est toujours allergène à la poussière, au désordre, à l'hésitation, aux ronflements… mais seulement à ceux de mon père.

SOL

Mais toi, tu es enfin tranquille, Rounette…

MAR

Franchement, les entendre se piquer le bec toute la journée, c'est déprime. Heureusement que je vois souvent Nigel.

ANGE

Hein ? Vous vous voyez où ?

MAR

Skype, Ange ! Tu dors ou bien ?

SOL
Vous vous skypez tous les jours ?

MAR
Non, mais pas loin. De voir sa bonne tête et son sourire *so british*, ça me fait oublier l'ambiance de poubelle de la maison. Vous savez qu'il porte encore le tee-shirt rasta qu'on lui avait trouvé au marché ? Il l'a mis la dernière fois qu'on s'est skypouillés.

SOL
Et toi, t'avais mis quoi ?

MAR
Un top bleu ciel, avec des boucles d'oreilles bleu turquoise.

SOL
Impec, la tenue. Assortie à tes yeux, en plus. Et en bas ?

MAR
En bas, pyjama. M'en fous, ça ne cadre que jusqu'à la taille.

SAND
Ça veut dire que tu te pomponnes à moitié, à chaque fois ? C'est ridicule ! Moi, je crois que je préférerais écrire. Comme avec vous…

SOL
Oh Sand, tu imagines les marvelous dialogous : *Is Brian a taylor ? Yes, and my tailor is rich.* Trop glamour !

MAR
Je vous signale que mon niveau d'anglais fait des bonds canoniques, mais je préfère le voir et, lui aussi, il aime bien me voir.

SOL

C’est parce que tu es belle, belle, belle !

SAND

Rassure-nous : par Skype, vous parlez ou alors vous ne faites que vous regarder et soupirer comme cet été ?

SOL

Love-love et smack-smack ?

SAND

Conversation de plantes vertes ?

MAR

Vous me soûlez, je n’ai plus envie de jouer avec vous. Je vais faire un peu d’anglais, justement. Ça ne me fera pas de mal. Bye bye !

Carnet d'Angela
Samedi 6 septembre

Salut Tristan,

Nigel, Nigel, Nigel… Quand Mar se met à parler de Nigel, et que les autres embrayent, je ne dis plus rien. J'attends qu'elles aient fini, qu'elles parlent d'autre chose. L'ennui, c'est que Mar est très amoureuse et qu'elle en parle tout le temps alors que moi, ça m'arrangerait si on pouvait ne plus en parler du tout. Parce que, si je dois en parler, je vais dire des choses qui feront du mal à tout le monde. Alors je préfère me taire. Garder pour moi les trucs pourris.

C'est peut-être pour ça que tu es parti sans rien dire, parce que tu ne voulais pas faire de peine à des gens. À qui ? Je me demande. Mais franchement, si c'est pour ça, c'est raté parce que, de la peine, tu en as fait à tout le monde. Moi, la première…

Maman me répète toujours que c'est malsain de laisser les choses pourrir en soi, qu'il faut les exprimer, il faut que ça sorte. Alors à toi, je vais le dire ce secret que je ne peux dire à personne…

Cet été, Mar a eu une histoire avec un Anglais (je te l'ai déjà dit). Il a traîné avec nous tout juillet. Je l'aimais bien Nigel (il faut dire « Naïjeul », sinon ça fait nom de fleur), il était plutôt marrant, pas compliqué et surtout il avait l'air de rendre Mar tellement heureuse. Même si elle faisait comme si ce n'était rien de spécial, ça se voyait qu'elle était bouleversée d'avoir enfin un vrai amoureux. Un amoureux qui faisait attention à elle, pas comme Matthieu, le prof de tennis, l'année dernière. Sand râle parce que Nigel était tout le temps collé à nous, mais elle aurait hurlé si Mar nous avait laissées tomber pour rester en tête-à-tête avec lui. Moi, je les trouvais super mignons jusqu'au bal de l'été… Là, tout a basculé. Parce que ce soir-là, j'ai vu Nigel rouler un gros palot à Sol ! C'était quoi, ça ? Qu'est-ce que je devais faire ? Leur crier d'arrêter ? Aller chercher Mar ? Eh ben, non, je n'ai rien fait. Bravo Ange, quelle audace ! Depuis je suis mal avec Sol, je déteste entendre Mar parler de Nigel, je me sens la plus coincée des filles de la Terre.

Tu vois bien que c'est un secret pourri, un de ceux qu'il vaut mieux garder pour soi jusqu'à la fin des temps. Allez, maintenant, c'est ton tour, Tristan. C'était quoi ton secret à toi ? Pourquoi tu es parti comme ça ?

JustFriends. Groupe Les Parasols de Cherbourg. Dimanche 7 septembre, 14 h 30

SAND

Vite, vite ! Je repars pour la gare dans une demi-heure ! Vous êtes là, les chéries d'amour ?

ANGE

Sand, tu sais comment on va faire pour le réseau ?

MAR

On ne va pas attendre un week-end sur deux, comme des parents divorcés, pour se connecter toutes les quatre !

SAND

Stresse pas, mummy ! Encore une petite semaine pour faire mon nid et me trouver des copines généreuses aux tablettes compatissantes. Je m'en occupe, confiance !

SOL

Te fais quand même pas trop de copines, sinon tu risques d'oublier tes VRAIES AMIES !!!!!

MAR

Mince alors, t'as quoi Sol ? Tu fais une acné de jalousie ou quoi ? En plus, Sand n'a JAMAIS réussi à avoir d'autres amies que nous !

SAND

Ce n'est pas vrai, espèce de vipère !

MAR

Et pourtant si, avec tes dents pointues, tu mords trop pour le collectif des mortels !

SAND

Gniark, gniourk, j'aime la chair fraîche !

SOL

En tout cas, moi, j'ai fait un drôle de rêve cette nuit. Sand, tu étais dans une espèce de clairière, entourée de plein de musiciens, de chanteuses et de danseurs sapés

Moyen Âge. Tu avais l'air super heureuse, tellement que je t'appelais et que tu ne m'entendais pas…

MAR

Et t'en déduis quoi, Miss Prémonitoire ?

SOL

Que Sand, là où elle est, elle rencontre Yann, Paco et je sais plus qui, des tas de gens géniaux, avec qui elle a un énorme point commun : la musique…

SAND

Ben oui, un point commun, ça me changera des points noirs. Sans rire, ma couz, c'est vrai que ça fait du bien d'être avec des gens qui n'ont rien à voir avec les dégénérés de mon champ de betteraves, mais tu paniques pour rien, jamais personne ne pourra vous remplacer, vous !

ANGE

Et ton exposé sur la musique baroque, bien avancé ?

SAND

Tu parles ! Je n'ai même pas fini le plan ! Je travaillerai dans le train… à moins que je dorme.

MAR

Et les week-ends où tu ne rentres pas chez toi, tu fais quoi ? Tu restes à l'internat ?

SAND

C'est l'heure de l'interrogatoire ? Le lycée ferme du vendredi soir au dimanche soir. Du coup, je vais dormir chez une vieille qui habite en ville.

SOL

Une vieille ???? Vieille comment ? Avec de la moustache et plein de chats ?

SAND
Non pas de moustache ni de chats, mais plein de livres. J'ai une petite piaule avec du papier peint à fleurs fanées, beurk !

ANGE
Sympa la vieille ?

SAND
Ouais bof. Je ne sais pas trop. Je l'ai vue juste une fois. Bon, là, ça suffit vos questions. Je comprends bien que je vous manque trop, mais il faut que j'y aille. Kiss you !

MAR
Bye ! Good afternoon !

SAND
Vous êtes trop mimi de ne pas aller sur le réseau sans moi. Merci, danke, thank you, gracias ! Je vais faire tout ce que je peux pour me co cette semaine. Promis, juré !

SOL
De toute façon, le réseau sans toi, c'est trop triste !

MAR
Ah ben merci Sol !

SAND
Bisous, mes irremplaçables !

Mercredi 17 septembre 16h45
De: M@r
À: @nge
Objet: je m'ennuie de toi

Monange,

Comment vas-tu ? Moi, je glande autour de mon bureau où pourrissent tous les exos de maths que je ne ferai jamais... Je rêvasse. Je repense aux parties de beach-volley sur la plage, cet été. Moi qui régurgite tout ce qui ressemble à une balle, j'aurais jamais cru que je m'éclaterai à jouer au volley ! Je me refais le film, je vois Nigel comme au ralenti en train de sauter pour smatcher au-dessus du filet. J'entends presque le bruit du sable et je renifle la vapeur de la mer. Tu crois que le manque me rend niaise ? Tu crois qu'il va m'attendre ? Pas envie d'en discuter sur le réseau, Sand est trop volcan, mais j'aimerais bien avoir ton avis d'amie compatible.

Et toi, as-tu bien léché tous tes devoirs-exposés-exercices, et même ceux que le prof n'a pas donnés ? (Tu sais, c'est la première fois que j'ai une amie bête de classe, alors je ne peux pas résister, mais si je te vanne, c'est une preuve d'amour !)

Des bisous et réponds-moi, please si tu es par là, j'ai besoin d'une bonne tartine de ton fresh air. Un truc super cardiaque qui me ferait oublier Nigel au moins quelques nanosecondes... Tu me manques.

Mar

Mercredi 17 septembre 17 h
De: @nge
À: M@r
Objet: Tartine de fresh air

Toi aussi, tu me manques. Non tu n'es pas niaise, juste un peu soûlante avec Nigel. Et non, ça ne m'embête pas que tu me vannes. Ça me fait presque plaisir. Mais, là, tu as tout faux, je n'ai pas commencé à faire mes devoirs parce que Xavier et ses garçons sont venus déjeuner à la maison et qu'ils sont repartis il y a à peine cinq minutes. Je crains le jour où il faudra que je les présente à quelqu'un ! « Bonjour, voici Xavier, mon ex-prof de français qui sort avec ma mère et qui est bien parti pour devenir mon beau père à vie. Et voici ses trois garçons, des quasi-inconnus qui sont en train de devenir mes demi-frères, ou mes beaux-frères puisqu'on n'a pas de sang en commun. » Ma mère propose de dire « frères tout court », mais je vais plutôt opter pour « envahisseurs perfides » même si, objectivement, ils sont plutôt sympas les garçons.

Thésée, qui s'applique à regarder de l'autre côté quand il me croise dans les couloirs du lycée, a été aimable. Il m'a demandé de vos nouvelles. Je crois qu'il a bien apprécié Sand (ou sa basse ?). Qui sait, ça pourrait le faire tous les deux ? Ils auraient au moins l'associabilité et la musique en commun… Moi franchement, je ne lui trouve aucun charme à Thésée. Non seulement il n'est pas si mignon que ça, mais en plus question conversation et humour, c'est niveau zéro. Mmmm... je crois que je l'ai rhabillé pour l'hiver mon beau-demi numéro 1.

Youssouf (c'est le deuxième, celui qui est toujours en train de construire des trucs, de rafistoler des machins, de bricoler des bidules et qui, quand il s'ennuie, vient te voir et te demande « t'as pas un truc à réparer ? »), je le trouve vraiment trop craquant. Il a un caractère pourri d'après son père, mais quand il me voit, il me fait toujours un énorme sourire plein de bagues. Son père est dingue parce c'est un appareil dentaire hyper cher, hyper sophistiqué et que Youss l'a déjà démonté et remonté trois fois.

Mais le top, aujourd'hui, ça a été Siddarta, le dernier, le petit génie. Il m'avait emprunté un livre sur l'Espace, et à midi j'ai eu droit à un commentaire d'une demi-heure sur le Big Bang et les trous noirs. Il est franchement déroutant. D'après ce que j'ai compris, il vit un enfer à l'école (tu m'étonnes, il a deux ans d'avance et moi qui n'en ai qu'un, je trouve déjà ça dur parfois !) et son père se demande s'il ne va pas l'envoyer dans une école expérimentale pour surdoués. Voilà à quoi ça ressemble un déjeuner avec ma famille Ricoré. Est-ce que tu as aimé ma tartine hyper palpitante ? (Dis-moi oui, mais n'insiste pas pour que je t'en fasse une autre, j'ai plein de devoirs...)

Bisous,

Ange

Mercredi 17 septembre 17h08
De: M@r
À: @nge
Objet: Et Nigel?

Oh Monange, merci tu m'as rendu le zen. J'avais un cafard tout puant, je m'ennuyais à mourir, et je m'enfonçais sous terre à ne même pas pouvoir skyper Nigel à cause de la colonie de boutons putréfactoires qui m'est éructée autour de la bouche. Ça fait trois fois que je me retiens de lui répondre ! Sans parler de mes parents qui alternent froid groenlandais et tirs de boulets rôtis. Ta tartine m'a rendu le sourire. Elle est mignonne, ta famille, surtout le petit dernier. Du coup, je vais me mettre au boulot, moi aussi. Si je sais que tu bosses, ça va couler caramel-vanille. Et avec un peu de chance, je vais cartonner au lycée, car qui sait si je ne suis pas une tropdouée qui s'ignore ?

Mais je rêve où tu n'as pas répondu à la question qui perfore chacune de mes respirations : « est-ce qu'il va m'attendre ? » !

Je t'embrasse fort.

Mar

Mercredi 17 septembre 17 h 12
De: @nge
À: M@r
Objet: re: Et Nigel?

Tant mieux si mes aventures familiales t'ont fait rire. *Ange et les envahisseurs perfides*, ça fait bien non comme titre de série?

Désolée de ne pas répondre à ta question. Je crois que je ne suis pas la bonne personne. Primo, je ne suis pas voyante. Deuxio, les histoires d'amour, je n'y connais rien, encore moins quand elles sont franco-britanniques!

Bisous doux,

Ange

Carnet d'Angela
Samedi 20 septembre

Bonjour Tristan,

Je suis dans mon lit, pas bien réveillée. Siméon me ronronne dans l'oreille, mais je reste ensuquée dans un rêve avec toi. À chaque fois, c'est pareil, je ne veux pas me réveiller quand tu me visites la nuit. Surtout quand c'est un rêve cool comme celui-ci, et pas un cauchemar. Là, tu étais debout sur le skate de Ben et tu roulais sur l'eau, les bras en croix, la tête renversée en arrière. C'était merveilleux, tu avais l'air si heureux. Franchement, c'est sympa de m'envoyer un rêve aussi beau, mais il ne me donne pas envie de me lever. Allez, bouge tes fesses, Angela, ta mère t'appelle. Il est temps d'enfiler ton plus beau sourire et d'aller préparer ton fameux cake au chocolat et à la poire du week-end. Sinon elle va encore s'inquiéter, sortir son regard lecteur de codes-barres et te demander : « Ça ne va pas, Angela ? Tu as encore rêvé de Tristan ? »

JustFriends. Groupe Les Parasols de Cherbourg. Samedi 20 septembre, 11h30

SAND
Hé ho, du bateau ?

ANGE
Salut Sand ! Déjà debout ?

SAND
Ça m'énerve, j'ai pris le rythme du bahut. Mon cerveau s'agite à 6h15 tous les matins. Je me suis rendormie, mais pas assez longtemps…

ANGE
Aïe !

SAND
J'envie trop Mar. Elle, sauf quand tu la trempes dans une baignoire d'eau glacée, elle dort jusqu'à tea time.

MAR
Hé ben pas ce matin, les marcassins ! Les claquements de porte de ma mère m'ont réveillée à l'aube.

ANGE
Ça continue à ne pas aller, tes parents ?

MAR
Je me balade avec un drapeau blanc quand je vais prendre une douche… J'en ai ras le chaudron ! Et Sol, elle dort encore ?

SAND
J'espère pour elle, il n'est même pas l'aube en Martinique.

MAR

Mais, dis-moi, Sand, d'où te connectes-tu ? Tu es chez toi ?

SAND

Non. Celle chez qui je loge, elle n'est pas si obsolète que ça : elle a une connexion ! Et même un PC.

MAR

Mince ! Son PC, il est genre escamoté derrière les confitures, barboté sous les pelotes de laine ?

SAND

Dame Isabelle, c'est pas le genre confiture et tricot. C'est plutôt gratin culturel et vernissages. En fait, je crois que je l'ai vexée en lui demandant direct si elle avait une connexion. Genre « vous êtes tellement vieille que si ça se trouve vous êtes née un siècle avant Internet ».

MAR

T'as dit bonjour avant ?

SAND

Ben non.

ANGE

Après tu t'étonnes que les gens se sentent agressés par ta seule présence !

SAND

Qui a dit ça ?

ANGE

Toi.

MAR

Je confirme. Tu as dit ça, un soir de détresse, où tu

avais abusé des chamallows au point de nous persiller jusqu'à l'aube avec des souvenirs de maltraitance remontant à la grande section de mater. Tu as texto déclaré : « Les gens se sentent agressés par ma seule présence. Donc ils m'agressent. »

SAND

Je parle bien, quand même, hein, quand je veux ?

ANGE

C'est l'effet chamallow. Une drogue dure. Et pourquoi elle a changé d'avis, Dame Isabelle ?

SAND

Hier soir, je lui ai parlé de mon exposé sur la musique baroque. Je lui ai demandé si par hasard elle n'aurait pas un livre à me conseiller. Elle m'a répondu que sa bibliothèque était à ma disposition. À quoi j'ai fait remarquer qu'elle avait tellement de bouquins que, si je me mettais la tête dedans, j'allais choper une migraine jusqu'à la fin des temps.

ANGE

Sand, championne du monde de diplomatie !

SAND

Je sais, j'ai toujours été nulle pour fayoter. Mais, vu la tonne de bouquins qu'elle a chez elle et qu'elle joue du violon, je me doutais bien qu'elle aurait un truc pour moi. Du coup, elle est devenue plus sympa, elle m'a expliqué comment est classée sa bibliothèque. Bref, on a fini par un papotage-petits gâteaux et j'ai parlé de vous, de comment c'était dur de ne pas pouvoir communiquer, que l'amitié à notre âge, c'était tellement important. C'est là qu'elle m'a dit qu'elle voulait bien que je me connecte avec son ordi ce week-end, mais il faut que je lui demande d'abord et pas plus d'une heure. J'ai un peu l'impression d'avoir quatre ans et demi, mais c'est mieux que rien !

MAR

Trop fort ! Tu as réussi à l'amalgamer !

ANGE

Tu fais des progrès, Sand.

SAND

Le top, c'est qu'elle veut bien m'aider pour mon exposé, je dois lui montrer mon plan. En fait c'est une ancienne prof de français et une folle de musique. Classique, jazz, blues… Elle a plein de vinyles. Je vous laisse, il faut que je lui rende son ordi. À demain ? J'essaierai de me reco dans l'aprèm, histoire que Sol soit réveillée. Si Dame Isabelle est d'accord…

JustFriends. Groupe Les Parasols de Cherbourg.
Dimanche 21 septembre, 18h30

SOL

Bonjour, les crevettes. Je suis réveillée. Et vous, fini le gigot ?

SAND

Salut ma couz. Tu arrives pile-poil quand mes droits à la connexion sont ouverts !

SOL

Alors, il paraît que tu fais de la musique classique avec une prof de violon ? On t'a implanté un nouveau cerveau au lycée ?

SAND

Tu racontes n'importe quoi : je fais un exposé avec ma logeuse qui joue du violon. Et même, elle est carrément sympa, Dame Isabelle. On y a passé deux heures ce matin, sur cet exposé. Jamais je n'aurais cru que je serais capable de me concentrer aussi longtemps sur un devoir. Du coup, j'ai un plan en béton et quand je rédige, ça vient tout seul… Et puis, elle m'a appris plein de trucs marrants, sur la « révolution baroque », comme elle dit. À l'écouter, c'était quasiment de l'underground !

ANGE

Mais c'est génial !

SOL

Oh non, pitié, pas deux premières de la classe chez les Parasols !!!!!

MAR

Ne t'inquiète pas, ma Sol, je reste avec toi, bien au chaud, au fond, à bâiller aux concombres en songeant à Nigel sur la plage et à nos parties de volley. Vous aviez remarqué comment il clignotait des yeux au moment de tirer ?

SAND

Qui ça ??? Jean-Pierre ???? Marc-Alexandre ????? Gnagnagnalove Mar ! Allez, dis-nous comment il va ton beau zenglish ? Tu en meurs d'envie !

MAR
Il va bien, merci. Mais je vois que ce n'est pas l'endroit pour se laisser frémir. Je n'en dirai donc pas plus… Ah si, il a demandé de tes nouvelles, Sol.

SOL
Ah cool…

SAND
Et moi ? Et Ange alors ? On compte pour du beurre ?

MAR
Tu dégages trop d'ondes horripilantes, voilà. Mais toi, Sol, où sont passés les garçons ?

SAND
C'est vrai. Tu ne nous racontes plus rien. Robin-Bourrin ?

SOL
Exit pour l'éternité. Il s'est fait virer du lycée. Définitivement. Pour une connerie digne d'un collégien…

MAR
Mince alors, viré pour toujours ! Qu'est-ce qu'il a fait ?

SOL
Il a fait trois fois le tour du terrain de sport du lycée avec sa grosse vroum-vroum de cross…

SAND
Quel rebelle ! Qu'est-ce qui lui a pris ?

SOL
Soi-disant parce que j'étais là, en train de courir, et qu'il voulait me voir…

MAR

Oh là là ! Toujours aussi balistiquement romantique, ce Bourrin !

SAND

Il n'est pas bien ? C'est le seul endroit où tu es visible ?

SOL

En vrai, il y a un mec de terminale, Vince, qui n'arrête pas de lorgner de mon côté. Et comme le Vince en question n'avait pas cours, il s'était posé avec ses potes sur la pelouse, à côté du terrain de sport et ça n'a pas plu à Robin.

MAR

AOAOH !!! Tu as un nouveau chéri, Sol et tu ne nous dis rien ? Un terminale en plus !

SOL

Ce n'est pas un nouveau, c'est à peine un futur hypothétique. Il y en a un autre, qui est en première, qui n'est pas mal non plus. Mais, pour l'instant, rien de sérieux. L'année ne fait que commencer, hein, et je ne voudrais pas me précipiter sur le premier qui passe.

MAR

En tout cas, le Bourrin, il est toujours aussi aérien…

SAND

Ouais, il a encore trouvé le moyen de te rendre responsable de ses propres conneries. Tu ne lui avais pas laissé d'espoir, au moins ?

SOL

Jamais de la vie ! Ça fait un moment que j'ai compris qu'il était bas du plafond, ce mec. Et avec tous les jolis garçons qui ne demandent qu'à me tenir la porte… Je vous laisse les filles, ma mère a besoin de mes services. Elle veut que je tonde la pelouse, elle a trop mal au crâne pour le faire. Elle m'énerve en ce moment ! Elle tire la gueule du matin au soir. À bientôt, mes loukoums.

Carnet d'Angela
Dimanche 21 septembre

Salut Tristan,

Il n'y a qu'à toi que je puisse dire ce que je pense. Quand Mar annonce que Nigel a demandé des nouvelles de Sol, j'ai juste envie de hurler. Et quand Sol lâche des trucs du genre « tous les garçons ne demandent qu'à me tenir la porte » et que personne ne réagit, je voudrais m'enfuir en courant. Franchement, s'il n'y avait pas Mar et Sand, je ne serais pas là. Sol, elle se prend pour le centre du monde ou quoi ? Ce qu'elle a fait à Mar, je ne peux pas l'encaisser. J'ai juste l'impression qu'on n'a pas la même définition de l'amitié, elle et moi.

Alors, tu vois, ce soir, je me demande ce que je fabrique sur les Parasols. Si c'est pour me taire les trois quarts du temps, avec une boule au fond du ventre, ce n'est pas la peine. Sans compter que ce n'est pas toujours facile de me glisser dans leurs discussions en ligne sans être lourde. J'ai parfois l'impression de dire de grosses conneries. Quand elles se mettent à embrayer sur des trucs du passé, je me sens complètement larguée. Robin-Bourrin, je sais bien que c'est l'ex de Sol, mais je ne me vois pas participer comme si j'avais tout suivi depuis le début.

Je me demande ce qu'a ressenti Ben, quand il est arrivé dans notre collège et qu'on est devenus amis tous les trois. Toi et moi, depuis le temps qu'on se connaissait, on avait aussi quelques délires bien à nous. Est-ce qu'il s'est senti sur la touche ? En tout cas, il a purement et simplement disparu après ton départ. Comme s'il n'avait jamais existé. Même à ton enterrement, je ne l'ai pas vu. Pourtant, il y avait foule. Tout le quartier, tous les élèves et les profs du collège. Mais pas Ben. Pourquoi ? Est-ce qu'il a fait une dépression comme le pense ma mère ? On aurait pu s'épauler tous les deux. Je pense encore à lui et je me dis que ce serait cool si j'avais quelqu'un avec qui parler de toi, quelqu'un qui t'a connu aussi. J'ai tellement peur que tu disparaisses pour toujours...

JustFriends. Groupe Les Parasols de Cherbourg.
Samedi 27 septembre, 17 h 30

SAND

Tadam, les Parasols ! Comment you go ? Moi, j'ai passé une semaine de folie. Devoirs, interros surprises, contrôles sur table. Je vous jure, dans ce bahut, ils n'ont pas entendu parler des RTT ! Et en prime, un mirobolant exposé sur la musique bas rock, comme dit Mar ! J'ai cartonné, les filles, j'ai ramassé un 13 ! Un miracle...

ANGE

Bravo, Sand. Je suis trop contente pour toi !

SAND

C'est Dame Isabelle la coupable. Sans elle, je n'aurais jamais fait aussi bien. Mar ? Sol ?

SOL

Je suis là. Je sirote un jus de goyave, trop bon. Vous en voulez ?

MAR

Vas-y, envoie ! J'ai soif.

SAND

Quoi de neuf, ma couz ?

SOL

Rien de neuf, que de l'occase. Je ne suis toujours pas une bonne élève. Je n'ai toujours pas de lover digne de ce nom à vous présenter… Et ma mère répète toujours la même chose : « Aïe, ma tête. »

SAND

À propos de ses migraines, il paraît qu'elle ne va vraiment pas bien ma tata Régine. C'est ma mère qui m'a dit ça. Elles se sont téléphoné et Régine dit que la saleté qu'elle avait chopée quand tu étais petite est peut-être revenue.

SOL

Pff, je n'en sais rien. Ma mère, elle adore faire du théâtre, tu sais…

SAND

Hey, ce n'était pas du théâtre, quand tu avais 5 ans, que tu es venue habiter chez nous et qu'on préparait des couronnes de pâquerettes pour son enterrement !

SOL

On ne peut pas parler d'autre chose ? Mar, toujours aussi balèze en anglais ?

MAR

J'ai encore des propagations à faire ! La dernière fois qu'on a skypé, avec Nigel, on a clairement touché nos limites avec nos langues vivantes…

SAND

???? Vous avez fait bisous sur l'écran ?????

SOL

Électro-succion foudroyante ?

SAND

Court-circuit sensuel ?

SOL

Langues vibrantes ?

MAR

Dialogues inflammables et cinéphiloches ! J'ai voulu lui parler de *Game of thrones*. Il ne comprenait pas ce que je disais alors j'ai commencé à lui parler de Gwendiline Christie pour situer. On a fini par y arriver, mais vous ne devinerez jamais comment il prononce Gwendiline Christie !!!

SAND

Ça doit être pénible vos discussions, non ?

MAR

Sand, ta délicatesse me saupoudre. Mais, parfois, c'est vrai, on ne sait plus trop de quoi parler… Après l'épisode *Game of thrones*, je me suis contentée de : « glad to see you ». Il a répondu trois fois : « me too ». Il a dit : « bisou », j'ai dit : « kiss youuu ». Ou l'inverse.

SOL

C'est un peu court.

SAND

C'est microscopique, tu veux dire.

MAR

Mais il est tellement mignon quand il dit « bisou » !

SOL

Oui, mais Mar, tu es encore plus mignonne quand tu dis « kiss you ».

SAND

Mar, je crois que quelqu'une te déclare sa flamme.

MAR

Que quelqu'une se détrompe. Mon cœur est pris.

SOL

Par un bel Anglais qui se meurt d'amour pour toi. On sait.

ANGE

Bon. Je vous embrasse. J'ai une tonne de devoirs.

SAND

Et moi, je dois aider mon père à déplacer des palettes. Ça fait envie, hein ?

MAR

Bon, ma Sol, nous voilà entre analphabètes… Qu'est-ce qu'on va bien pouvoir se dire ?

SOL

Kiss kiss ?

MAR

Love love ?

SOL

See you ?

MAR

Me too ?

SOL

Tu es folle, Mar, mais moi adorer toi.

Carnet d'Angela
Dimanche 28 septembre

Salut Tristan,

Connexion hier sur les Parasols : Nigel, par-ci, Nigel par-là, Nigelou chéri, Nigel love love... Et deux répliques pour ta servante toujours paralysée entre l'envie de tout dire et la peur de tout détruire. Je me tais, je me mets sur la touche, et elles ne s'en rendent pas compte. C'est quoi mon rôle dans cette histoire ? Tout le monde s'adore depuis l'enfance et moi, je suis la vilaine pièce rapportée qui dit en se bouchant le nez : « Ah ben non, il faudrait secouer la couette, parce que, en dessous, c'est cracra ? » Parler ? Se taire ? Selon toi, qu'est-ce que je dois faire ?

Franchement, à quoi ça sert que je me connecte ? Au mieux, je compte les points, au pire j'ai envie de me cacher dans un petit trou. « Un bel Anglais qui se meurt d'amour pour toi » ! Comment elle peut dire des choses pareilles, Sol ? Je vais laisser tomber, Tristan. Et je vais me retrouver seule comme avant. Avec ma mère qui plane dans les bras de son Xavier. Avec toi qui planes je-ne-sais-pas-où-dans les bras de je-ne-sais-pas-qui. Mais la vie est trop dure pour qu'on s'embête avec des relations pourries. À partir d'aujourd'hui, je ne me connecte plus, je vais rester dans mon coin, avec ce vilain secret que je n'ai pas demandé. Ça me fait mal, mais il n'y a pas trente-six mille solutions. Soit je disparais du réseau, soit je le fais exploser. Je suis triste pour Mar et Sand. Je les aime vraiment.

Toi aussi, je t'aime vraiment, pour toujours.

Dimanche 5 octobre 17 h
De: M@r
À: @nge
Objet: Where are you?

Coucou Langelot,

Ça fait un espace-temps insondable que je n'ai pas eu de tes nouvelles. La dernière fois qu'on était co, tu n'as quasiment rien dit. Qu'est-ce qui se passe ? Tu nous as oubliées ? Tu ne nous aimes plus ? C'est les discussions brushing-gloss-string qui te dégringolent ?

Si c'est ça, rassure-toi : ça fait deux jours que je n'ai pas quitté mon jogging périmé, mon sweat taché et mes boutons d'acné. Je me sens poubelle en ce moment. Y a que Flippé-mon-hamster pour trouver que j'ai la classe. Je suis dramatiquement mal et je ne sais pas quoi faire. Nigel ne se pointe plus jamais sur Skype. Tu crois qu'il m'a ventilée ? Qu'il a rencontré une autre fille ? C'est horrible, je n'arrête pas de penser à lui et je passe mon temps à me demander ce que je dois faire. Lui écrire pour lui rappeler que j'existe ? Mais si je me prends un râteau ? Ou alors ne pas lui écrire et attendre qu'il se réveille ? Mais si lui, de son côté, attend aussi que je réagisse ? C'est trop compliqué pour moi, j'en perds le dodo.

Tu dis quoi, Angelette ? J'aime bien quand tu m'aides à tricoter ma vie !

Mar

Carnet d'Angela
Dimanche 5 octobre

Salut Tristan,

Quand j'ai reçu le message de Mar, j'ai eu envie de pleurer. J'étais à deux doigts de lui répondre : « Oublie-le, c'est un gros naze qui a embrassé ton amie dans ton dos. » Et puis une mésange s'est posée sur le rebord de la fenêtre, elle a toqué contre la vitre avec son bec et elle a secoué la tête de gauche à droite, comme pour dire « non ». C'était toi, la mésange ? Merci de ton aide, en tout cas, parce que je crois bien que j'allais faire une énorme bêtise. Parce que Mar, sûr que ça la consternerait de savoir que son Nigel chéri a pris sa meilleure amie dans ses bras. Mais de savoir que Sol s'est laissé faire, je ne sais pas si elle s'en remettrait !

Je ne veux pas rester dans leur histoire comme celle qui a fait exploser les Inséparables. En attendant, je ne sais pas quoi lui écrire à Mar. T'as une idée ? Je vais aller me balader sur la plage, si jamais je trouve une bouteille avec une lettre dedans, je saurai que c'est toi. Merci d'avance.

Je voudrais tellement que tu sois encore là pour en parler avec toi. Je voudrais que tu sois encore là pour tout en fait. J'aurais voulu qu'on découvre le lycée ensemble. On en parlait déjà au collège, tu te souviens ?

Tu aurais adoré. Par exemple : tout le monde passe et repasse la grille quinze fois par récré. Et c'est normal, c'est LA LIBERTÉ ! Tu as envie de prendre un petit truc à la boulange, à 10 h, pas de problème. Tu sors, tu achètes ton pain au choc et tu reviens papoter avec la horde de fumeurs qui tiennent le mur. Quand je pense au CPE de notre collège, tout le temps à nous pister, à nous renifler, fouiller nos affaires avec des sales blagues dégueu. Je me souviens comment tu lui avais tenu tête en refusant de lui donner ton sac. Il était devenu vert de rage et il s'était mis à te courser à travers la cour. Et on criait pour t'encourager. Tu t'es ramassé huit heures de colle, 2 h x 4 mercredis d'affilée, un record historique. Heureusement la pionne était sympa et elle a bien voulu que je reste avec toi. Du coup, en quatre mercredis après-midi, on a inventé un scénario de vampires qui squattaient le collège depuis le Moyen Âge. Une super histoire… Tu me manques, Tristan.

Vendredi 10 octobre 17 h 30
De : M@r
À : @nge
Objet : Pleurni-chieuse

Bouh, Ange, ton silence me tord les fouilles. Pourquoi tu ne réponds pas ? Tu en as marre de m'entendre pleurnicher après mon British Chamallow ? J'ai honte d'être comme ça. Mais je n'y peux rien, je n'arrive juste pas à penser à autre chose. Ça fait une semaine qu'il n'est plus venu sur Skype ! Si tu savais comme je suis mal ! Tu me connais avec mes films gores en 3D. Dis-moi que je n'ai pas rêvé pour cet été ! Qu'en juillet, on s'est bien tenus par la main avec Nigel, on s'est embrassés, qu'il m'a portée sur ses épaules au concert du 14 Juillet pour que je voie mieux. C'était du vrai. Pas comme avec Matthieu, l'an dernier...

Si, toi aussi, tu disparais, c'est la catapulte. Tu ne m'aimes plus ? Qu'est-ce que j'ai fait ? S'il te plaît, dis-moi que tu ne m'as pas balancée au recyclage des Kleenex girls...

Mar

Vendredi 10 octobre 18h30
De: @nge
À: M@r
Objet: re: Pleurni-chieuse

Je ne t'ai balancée nulle part et je suis désolée que tu aies pensé ça. C'est juste que je manque de temps... Et puis juste là maintenant, il se passe un truc de fous ! Il faut que je te raconte ça : on a un prof absent, du coup, retour tôt du lycée, cet aprèm. Maman au boulot, j'ai toute la maison pour moi. Je me tartine une tartine bien méritée, m'affale dans le canapé et feuillette les journaux qui traînent. Et là, je vois quoi, entouré d'un gros trait rouge ? « Cherbourg plein centre – quartier très calme. Maison de ville à finir de rénover, offrant belles pièces de vie et donnant sur très beau jardin plein sud. 5 chambres + bureau. 2 salles d'eau. »

Maman + XB ! Ils ont prévu de s'installer ensemble sans m'en parler ! Je fais quoi avec une bombe pareille, moi ? Comment ma mère peut me faire un truc aussi gros ? T'y crois ? J'ai essayé de l'appeler, mais elle doit faire des visites à domicile, elle ne répond pas. J'ai envie de foncer au collège pour demander des explications à Bisla. Mais je lui dirais quoi ?

Je suis larguée, Mar. Si tu savais à quel point ! Larguée et furax !

Ange

> Vendredi 10 octobre 18h45
> De: M@r
> À: @nge
> Objet: re: re: Pleurni-chieuse

Te panique pas Monange. Si ça se trouve, ce n'est pas ça et tu t'es fait une catastrophe pour des croquettes. Mate-toi une petite série bien débile en attendant que ta mère rentre. Je dois te laisser, je vais au cinéma avec mon papa. Il a bien vu que je déprimais, même si lui non plus n'a pas l'air de turbiner des sucres d'orge. En tout cas, hors de question que je lui barbouille mes chagrins d'A. Il n'y a qu'à toi que j'ai envie d'en parler. On se retrouve ce week-end sur le réseau ? S'il te plaît, promets-moi que tu ne vas pas faire ta boudeuse encore des siècles.

Je t'embrasse. N'oublie pas : Love, zen and fuchsia.

Mar

P-S : Ooouuuuuffff ! J'avais peur que tu sois fâchée, je ne sais pas pourquoi…

Carnet d'Angela
Vendredi 10 octobre

Salut Tristan,

Mar m'a traitée de boudeuse parce que je ne vais plus sur le réseau. Ma mère m'a traitée d'égoïste parce que j'ai osé dire que je n'avais pas envie de déménager. Est-ce qu'il faut être hypocrite pour faire plaisir aux gens ?

C'est injuste. Je me sens prise au piège, d'un côté comme de l'autre. Je ne supporte pas que ma mère refuse de m'écouter quand je dis que je ne veux pas cohabiter avec quatre types quasiment inconnus. Je ne supporte pas de me retrouver sans amies alors que ma vie est en train de basculer, je supporte encore moins que ma chérie Mar pense que je boude alors que je la protège. Je n'ai pas le choix, je dois rester sur les Parasols. Ou alors, il faudrait que j'invente des histoires du genre : « En fait, je n'ai pas le temps d'écrire. » Ou « en fait, vous m'ennuyez avec vos délires. » « En fait, je n'ai pas tellement envie d'être votre amie. » Ce seraient des mensonges, et je suis incapable de mentir.

Si seulement Mar et Nigel pouvaient casser ! Nigel sortirait définitivement du décor, on en parlerait de temps en temps en rigolant du bon vieux temps et je me débrouillerais pour oublier ce que j'ai vu…

JustFriends. Groupe Les Parasols de Cherbourg. Samedi 11 octobre, 15 h 03

MAR
Ého, happy girls ?

SOL
Alu…

MAR
Alu Sol. Sand ? Ange ?

SAND
Désolée, je ne pourrai pas rester longtemps, je dois aller voir ma grand-mère. Mes parents gueulent que, déjà, on ne se voit pas beaucoup alors si je passe mon temps sur l'ordi, ce n'est pas la peine de rentrer !

SOL
Comme quoi, ils n'ont rien compris puisque tu rentres pour l'ordi !

MAR
Ange ?? Alors, qu'est-ce qui se passe ? Tu as eu une explication ?

ANGE
C'est la catasse, oui, c'est bien ça. Je ne m'étais pas trompée.

SAND
Il se passe quoi à Cherbourg ? J'ai loupé un truc ?

MAR
Ange va déménager…

SAND
Hein ? Encore ? Où ça ?

ANGE

On reste à Cherbourg, mais on change de quartier pour une maison avec cinq chambres…

SAND

Cinq chambres pour deux ?

ANGE

Ça fait un peu beaucoup, non ?

MAR

C'est Violaine et XB, ils veulent se fusionner dans une nouvelle maison !

ANGE

Et moi, je vais devoir fusionner avec les trois rejetons de XB !

SOL

Cinq chambres ? Si je sais compter, chacun aura la sienne, remarque…

ANGE

Et le reste ? Chacun sa salle de bains ? J'aime bien être tranquille, moi !

SAND

J'avoue que la salle de bains, ce n'est pas facile à partager…

SOL

Territoire miné !

ANGE

Ce que je ne digère carrément pas, c'est que ma mère ne m'ait rien dit, une fois de plus. Je l'ai découvert par hasard. Comme l'année dernière, quand elle n'était pas capable de me dire qu'elle était amoureuse.

SOL

C'est moins pire que ma mère qui m'a fait croire pendant des années que mon père était mort.

SAND

Ah les mères, tout un poème !!! Mais on fera le concours de la maman la plus gratinée plus tard. Tu n'as pas fini de raconter, Ange...

ANGE

Quand elle est rentrée, je lui ai mis le journal avec l'annonce sous le nez en lui demandant si c'était ce que je croyais. Elle m'a dit de me calmer et puis elle m'a expliqué que c'était une super affaire, qu'à la base, ils n'avaient pas prévu de s'installer si vite ensemble, mais qu'en lisant l'annonce, elle s'était dit que ce serait bête de passer à côté...

SAND

Ils ne veulent pas s'installer ensemble, mais elle lit les annonces, cherchez l'erreur !

MAR

Vous dépoussiérez quand alors ?

ANGE

Je ne sais pas. Je sais juste qu'ils ont visité la maison et qu'ils l'adorent...

SAND

Ils ont déjà visité ? Sans toi ?

ANGE

Oui, comme si je n'existais pas... Maman me dit qu'on était trop fusionnelles à force de vivre toutes les deux !

MAR

Moi, ma mère, elle s'en brasse de ce que je pense... Quand je vois les photos à la maternité où elle me tient dans ses bras avec un sourire crispé, c'est comme si elle était là pour tourner une pub. Fond de teint parfait, rimmel impec, lèvres célestes et sourcils épinglés, un vrai mannequin. À côté, j'ai l'air d'un petit boudin fripé...

SOL

Au fait, mon petit boudin chéri, ça va mieux ? Elle s'est remise à t'engueuler, ta mère ?

MAR

Non, mon père est son unique croix ! À peine il a passé le pas de la porte que, boum, elle lui tombe dessus avec sa liste de blâmes blêmes. Il rentre de plus en plus tard et ne dîne plus trop avec nous. Heureusement, Nigel est revenu roucouler sur mon ordi.

SAND

Rrrooooouuuu ! Il s'en va, il revient... Rrroooooouuuuu ! Et toi, toujours prête à lui ouvrir ton petit cœur de piaf !

MAR

Je pigeonne si je veux. Et toi, Sol ? Ta mère ?

SOL

Sais pas trop. Elle est tout le temps chez les médecins, en ce moment. Et tout y passe, médecine chinoise, ayurvédique, navajo, thaïlandaise... J'avoue qu'elle commence à me fatiguer, avec ses migraines.

SAND

Attends, Sol, d'après mes parents, c'est grave, ce truc qu'elle a au cerveau. Moi je m'inquiète, tu sais.

SOL

Oh là là ! Hé ! Il faut arrêter la déprime automnale, là… Moi, je vous aime, mais je n'ai pas envie de n'entendre parler que de problèmes. OK, chez vous les feuilles tombent des arbres, OK, vous ressortez les écharpes et les bonnets, mais c'est pas grave, ça va passer. Je vous jure, c'est trop zarbi, je ne vous reconnais pas ! Mes trois Inséparables à la peau dorée de l'été, elles sont où ? Sand, pourquoi tu ne nous racontes pas ta vie trépideuse d'interne en punk attitude au lieu de t'inquiéter ? Tes garçons, là, Yann, Paco et truc, pas un dont tu ferais ton petit quatre-heures ?

SAND

C'est pas « truc », c'est Nils. Ils sont sympas, marrants et même mignons, mais non merci, je n'ai pas faim. Tout le monde n'a pas ton appétit, ma couz ! Et pour parler positif : c'est vrai, c'est chouette pour moi, cette année ! Les cours de musique d'enfer, la bande de copains avec qui je traîne, la prof de maths et ses jupes ras-la-touffette et ses cheveux violets…

SOL

Une vie de lycéenne quoi !! Pourquoi vous ne me parlez jamais de ce que vous vivez au lycée, de vos rencontres, des cours, des profs, des mecs… ou n'importe quoi de marrant ? Bon allez, je vous donne des devoirs pour la prochaine connexion : « Cherchez et racontez vos bons moments d'adolescentes en pleine croissance ! »

Carnet d'Angela
Dimanche 12 octobre

Salut Tristan,

Chaque fois que je me balade en petite culotte à la maison, je me dis : « profite-en, c'est bientôt fini ». Chaque fois que je me vautre sur le canapé en gratouillant le ventre de Siméon, je me dis la même chose. Chaque fois que je laisse traîner un soutif, chaque fois que je prends le petit-déj peinarde en tête-à-tête avec mon bol ourson, chaque fois que je danse comme une malade au milieu du salon…

Hier, Sol s'est moquée de nous et de nos angoisses familiales qu'on ressasse sur le réseau comme des petites vieilles. Elle n'a pas tort. Sauf que sur son île ensoleillée, elle est bien protégée des vents glacés et des averses. Planquée, Sol ? Ça se pourrait… J'en connais d'autres qui sont allés se planquer et définitivement en plus ! Tu es à l'abri des remous familiaux, toi aussi, maintenant. Tes parents peuvent bien se séparer, se remarier, changer de sexe ou partir vivre sur la Lune, tu t'en fous. Tu es à l'abri de tout. Alors tu trouves que c'est bien ? C'est tranquille ? Tu ne regrettes pas ?

Ça fait deux ans maintenant, mais je t'en veux toujours d'être parti sans une explication ! Moi, dans moins de deux mois, je vais me retrouver avec trois frères plus un beau-père, plongée dans une publicité Ricoré et ça, c'est un peu ta faute quand même. Si tu n'étais pas parti, on n'aurait pas été obligées de déménager. Et tu n'es même pas là pour me soutenir… Déjà que m'imaginer tous les matins au petit-déjeuner avec Xavier, ça me paraît insurmontable, alors si on le multiplie par quatre !

JustFriends. Groupe Les Parasols de Cherbourg. Samedi 18 octobre, 16 h 12

SAND
Enfin reconnectée !!! Mon TING-BLING résonne dans l'univers pour annoncer les vacances, les grasses matinées et les orgies de connexion !

ANGE
Hellou, Miss Univers.

SAND
Salut bel ange ! Tu vas ? Tu as suivi la leçon de Sol ?

ANGE
Non, désolée, je n'ai pas eu le temps de chercher des bonnes raisons pour me réjouir d'être une ado en pleine croissance… C'est devenu irrespirable ici ! On se fait la tronche avec ma mère, je déteste ça.

MAR
Moi pareil, je me sens super décroissante. Nigel envolé (il a vu que j'avais des pellicules ou quoi ?). Hermine de nouveau programmée sur génocide atomique…

ANGE

Elle veut tuer qui ?

MAR

Bah, sa pauvre petite sœur démunie, pardi. Je ne sais pas sur quel canal elle s'est branchée, en tout cas, elle a percuté ce que j'avais cafté sur elle à son prof de tennis…

SAND

Mar et le tennis ! C'était quoi déjà ton caftage ?

MAR

Qu'elle n'en avait rien à faire de lui parce qu'elle préférait les filles !

ANGE

Ah bon ? C'est vrai ?

MAR

Tu délires ! Bien sûr que non. Tu ne te souviens plus d'Hermine au 14 Juillet de l'année dernière qui smackait le type à lunettes carrées ? C'était juste une vengeance, ce que j'ai raconté à Matthieu…

ANGE

Et donc, Hermine l'a appris et elle se venge à son tour, c'est ça ?

MAR

Eh oui, Monange. Tu as beau être fille unique, tu as digéré la mécanique haineuse des sœurs aînées.

ANGE

Elle t'a fait quoi ? Je me renseigne, parce que figure-toi que d'ici peu, je risque de ne plus être tellement unique comme fille.

MAR

Pff, faut des années de dressage quotidien pour atteindre le degré de sadisme d'Hermine. Si je vous racontais, ça pourrait vous dégoûter de l'espèce humaine. Et toi, Sand, cette semaine ? Toujours aussi planante ?

SAND

Carrément cool ! La prof de « musique collective » m'a dit que j'étais plutôt douée.

MAR

Ce n'est pas nouveau, on le sait depuis longtemps !

ANGE

Tu es la meilleure bassiste de ta génération !

SAND

Sans rire, c'est la première fois qu'une prof me trouve douée pour quelque chose, ça fait plaisir.

ANGE

Je suis contente pour toi ! Ça va te rapporter des points au bac ?

SAND

Un max ! Mais il faut encore que j'arrive en terminale. Pour l'instant le problème c'est qu'il faut que j'assure dans toutes les matières pour passer en première à la fin de l'année.

MAR

J'irai bien faire un stage dans un internat à des centaines de kilomètres d'ici moi pour me changer les idées et oublier un peu mon marécage familial !!! Hier, mon papa m'a dit qu'ils traversaient une crise de couple (sans rire !) et qu'ils allaient voir quelqu'un pour parler de leurs prothèses. En attendant que ça marche… tu ne veux pas me prendre en stage ?

ANGE

Moi aussi, je veux faire un stage avec Sand ! Y a pas une option « groupies » dans ton lycée ?

MAR

Ou « manager », pourquoi pas ? On s'occuperait de tes diamants en Suisse, pendant que tu ferais des tournées dans tous les stades de la galaxie. Et Sol, notre bijou addict, elle est où ? Elle ne veut pas se co ?

SAND

Elle est allée à l'hôpital avec sa mère qui doit faire un max d'examens du cerveau. Elles doivent y passer la journée…

MAR

C'est grave alors ?

SAND

Je n'en sais rien. Ma mère a l'air inquiète (mais elle s'affole facilement, contrairement à Sol). On doit les appeler tout à l'heure.

SOL

Eh ben, non, je suis là ! Coucou les belettes ! Trop contente d'être en vacances.

SAND

Sol ! Tu es déjà là ? Tu ne devais pas passer la journée à l'hosto avec ta mère ?

SOL

Je me suis sauvée. Ça me déprime trop l'hôpital. Les

odeurs, la peinture couleur pipi-vomi, beurk… et puis tous ces gens malades, ça me donne envie de pleurer. J'ai pris le bus et je suis rentrée à la maison.

MAR
Tu as laissé ta mère toute seule ?

SOL
Oh, elle n'avait pas besoin de moi. Les infirmières sont super gentilles, elles s'occupent très bien d'elle. Quel programme pour vous ces jours-ci ?

MAR
Humm, je réfléchis. Dormir, me gratter les doigts de pied, chercher un shampoing antipellicules. Et mater des séries.

ANGE
En VO au moins ? Et toi Sand ?

SAND
Dormir. Me goinfrer de connexion et de gâteau à la noisette de maman. Mater des séries en VF.

ANGE
Réviser ?

SAND
Réviser ? Ange, ne dis pas de gros mots de si bon matin !

ANGE
Mais c'est toi qui affirmais que tu avais intérêt à…

SAND
Je ne suis pas non plus obligée de m'y mettre à l'aube, tous les jours.

MAR
Je te bipbip qu'il est l'heure du goûter, ma cancrelette !

SAND

Ah ouais ! Dingue comme le temps passe vite… Bon ben, c'est trop tard, je m'y mettrai demain !

ANGE

Promis ?

SAND

Non, mais Ange, tu vas pas me surveiller pendant toutes les vacances, quand même ? Je suis mature !

ANGE

Je trouverais ça trop dommage que tu ne restes pas dans ton lycée musique !

SOL

Ange a raison, pour une fois que tu es contente d'un bahut !

SAND

Mais ne vous inquiétez pas pour moi, j'assure !!! J'ai déjà mon 13… Bon, vous m'avez donné faim, je vais me prendre un petit goûter ! Une descente dans les profondeurs des placards de ma mère, ça peut prendre du temps ! On se retrouve bientôt une tartine de Nutella à la main ?

MAR

Si tu en reviens vivante ! À plus…

ANGE

Corvée ramassage des feuilles d'automne. Je vous laisse… Bisous !

SOL

Moi, j'hésite. Bronzing à la plage ou plongée au club ?

MAR

Tu m'énerves, Sol.

SAND

N'abuse pas du soleil, ma couz, c'est pas bon pour la peau. Et tiens-nous au courant pour ta mère. Bisous.

> Dimanche 19 octobre, 6h15
> De: Sol
> À: S@nd, M@r, @nge
> Objet: Vacances dans la jungle!

Coucou les cacahuètes!

Mon papa vient de m'appeler, et je suis trop contente!!! Je n'avais pas eu de nouvelles de lui et de mon petit frère adoré depuis cet été!!!!! Ils viennent en Martinique pour les vacances. Ils ont loué un gîte au fin fond de la forêt et mon papa m'a proposé de le rejoindre. Il passe me chercher ce soir. Ça risque d'être super cool, je vais pouvoir faire des câlins à mon petit frère adoré, mais on ne pourra pas se co, mes chéries, parce que c'est vraiment la jungle où on sera, avec les mygales, les piranhas, les fougères géantes et les tigres!!!!! Ma mère ne voulait pas que j'y aille, mais j'ai tellement insisté qu'elle a fini par céder. Elle a demandé à des copines du yoga de passer quelques jours avec elle à la maison. En ce moment, elle a la trouille de rester seule, on dirait un bébé!

Bonne fin de vacances. Je vous kisssssse.

Sol

Dimanche 19 octobre, 10h15
De: M@r
À: S@nd, @nge, Sol
Objet: Vous croyez qu'il y a des tigres en Martinique?

Et des mygales? Et des scorpions? Et des serpents à sornettes? Je comprends de moins en moins! Comment fait Sol pour habiter un coin aussi malfaisant?

Bisous et bonnes vacances sans bestioles.

Vendredi 24 octobre, 3h56
De: Sol
À: S@nd, @nge et M@r
Objet: maudit soit l'ordi!

Mes Inséparables,

Je suis désolée, je n'ai pas pu me co plutôt. Je suis rentrée hier de la jungle et franchement, c'était trop cool. Mon petit frère est chou, chou, chooooouuuu!! Je craque! On a bien rigolé tous les deux. Mon papa toujours un peu à cran avec sa femme et son fils, mais il était moins stressé au bout de quelques jours. Il a même coupé son téléphone et arrêté de râler à cause du manque de réseau.

Ça m'a fait un bien fou! Je me suis rendu compte à quel point ça me déprimait d'être à la maison avec maman qui dort toute la journée dans le noir. Au fait, à ce qu'il paraît, les résultats de ses analyses, c'est pas terrible. Mais ils doivent en faire d'autres, pour vérifier.

En tout cas, ici, c'est d'un glauque ! Les copines du yoga qui se sont installées, on dirait des vampires, tellement elles sont maigres et blanches à force de ne boire que du lait de riz. Ambiance de mort, les volets tirés, les bouteilles d'huiles essentielles puantes qui s'entassent, trois cônes d'encens en permanence, les statues de Bouddha partout, les herbes sèches et les foulards violets accrochés au plafond.... AU SECOURS !!!! Le comble c'est que les tatas tofu m'ont dit que l'ordi dégageait des ondes néfastes, que le wi-fi c'était très mauvais et qu'il fallait l'allumer en pointillés. En gros, que je n'avais même pas le droit de me remonter le moral avec mes Inséparables ! J'étais rentrée de vacances depuis moins d'une heure et j'avais envie de hurler, de danser, de mettre une grosse techno qui réveille tout le monde.

Je ne l'ai pas fait bien sûr. J'ai sagement suivi les discussions dans notre salon transformé en temple hindou : thé vert ou maté ? Les bienfaits du saule blanc comparé à l'huile essentielle de menthe poivrée ? L'option neurochirurgien de l'hôpital ou l'option guru du shiatsu ? Et pourquoi pas l'hypnose ? Des fois, j'aimerais leur dire qu'un bon steak saignant, ça lui ferait peut-être du bien à maman qui est toute pâle.

Ce soir, les tatas tofu sont reparties et on a parlé toutes les deux. Maman avait l'air vraiment inquiète. Elle a décidé d'aller se faire soigner en métropole avant la fin de l'année. Elle va chercher un spécialiste du cerveau. Elle flippe vraiment. Bon voilà, vous savez tout.

Sol

Carnet d'Angela
Vendredi 24 octobre

Salut Tristan

C'est bizarre, la vie, ça change tout le temps. Tu vois, Sol, d'abord je l'ai trouvée impressionnante. Tellement belle, sûre d'elle et heureuse de vivre, elle m'attirait. Après cette histoire de baiser, je l'ai détestée, je l'ai trouvée égoïste et dégueulasse. Et maintenant que sa mère est peut-être gravement malade, je me dis qu'il y a plus important que nos histoires de qui-a-embrassé-qui. J'ai envie de l'aider et même de la réconforter.

> Vendredi 24 octobre, 18 h 02
> De: @nge
> À: Sol
> Objet: spécialiste du cerveau

Bonjour Sol,

Je pense beaucoup à toi et à ce que tu vis avec ta maman. Ça doit être très dur ! J'en ai parlé avec ma mère comme elle est infirmière et aussi parce qu'elle s'était bien entendue avec la tienne l'été dernier. Elle pense qu'il faut consulter un spécialiste le plus rapidement possible et elle propose que ta mère l'appelle pour en discuter. Voilà, j'espère que ça ne t'embête pas qu'on essaie de vous aider.

Je t'embrasse,

Ange

Samedi 25 octobre, 2h36
De: Sol
À: @nge
Objet: re: spécialiste du cerveau

Salut Ange,

C'est gentil ton message. Tu es vraiment une fille gentille et, dans ma bouche, tu sais, c'est un compliment. Ma mère va appeler la tienne. Aux dernières nouvelles, c'est peut-être une maladie rare du cerveau. Moi j'ai l'impression qu'ils disent n'importe quoi. En tout cas, ma mère aussi pense qu'elle doit aller à Paris pour savoir ce qu'elle a. Elle veut en profiter pour voir son maître taoïste et lui demander conseil dans cette épreuve de la vie…

De mon côté, c'est simple, en ce moment, le seul endroit où je respire un peu, c'est le lycée. Sinon j'ai l'impression de ne plus exister. Toute ma vie tourne autour de ma mère.

Bisous et encore merci pour ton mail et ta proposition !

Sol

Carnet d'Angela
Samedi 25 octobre

Ça me fait du bien de me sentir utile. Sol a l'air contente… Ça ne me vexe même pas quand elle me dit que je suis une « gentille fille ». Toi aussi, tu me disais souvent ça quand je partageais ce que j'avais avec toi (et tu n'avais jamais rien !) : « Angela, t'es une gentille fille », avec tes sourcils relevés et ta mèche qui tombait direct dans l'œil, l'air de te moquer copieusement et ça me donnait envie de te taper dessus pour te prouver le contraire. Mais je crois que c'est foutu, je suis effectivement une gentille fille. Je n'arrive même pas à faire la gueule à maman et à Xavier…

Au fait, le déménagement retardé à cause d'une fuite d'eau dans la future maison Ricoré, c'est toi ? Ça ne fait que retarder, mais merci quand même. C'était bien essayé.

JustFriends. Groupe Les Parasols de Cherbourg. Samedi 1er novembre, 16 h 12

SOL

Hello, les Insép. J'ai hâte de vous parler. J'ai passé une soirée positivement gé-niale, il faut que je vous raconte…

SAND

Salut ma couz ! Alors les nouvelles ? Ta mère doit venir se faire soigner en métropole ? Mais c'est grave ou pas ?

SOL

Possible, mais pitié, je n'ai pas envie de vous parler de ça. Figurez-vous qu'hier, je suis allée faire de la plongée dans mon club et en repartant, à la cafèt, j'ai croisé Vince, vous savez le terminale dont je vous ai déjà parlé. On a papoté un peu et il m'a dit qu'il allait à une fête, et que, si je voulais, je pouvais venir avec lui.

MAR

Une fête de terminale ! Ouh-Ouh !

SOL

Même, une fête d'étudiants ! C'était la plus belle soirée de ma vie !!!!! J'ai rencontré plein de gens, j'ai dansé toute la nuit. Il y avait une piscine, et on a fini tous dedans à six heures du matin, quand le soleil se levait.

ANGE

Six heures ! Et ta mère n'a rien dit ?

SOL

Tu parles ! Elle est encore plus cool que d'habitude. Je la connaissais ultra zen, maintenant, elle est ultra molle.

MAR

Et Vince, alors ?

SOL

Superrrrr ! On a dansé quasiment tout le temps ensemble. Très classe, super gentleman. C'est lui qui m'a ramenée en voiture. Pas de tentative d'approche, même pas une main qui traîne. Bisous sur la joue. Merci pour la soirée. Merci pour le sourire. Point barre.

SAND

Il a son permis ! Whaaa... Tu le revois quand ?

SOL

Je ne sais pas.

SAND

T'as quand même son 06, non ?

SOL

Même pas. Et lui non plus. Pas besoin. On est dans le même lycée.

SAND

Mais là, c'est les vacances, non ? Tu ne vas pas le voir avant longtemps !

SOL

Et alors ? Moi, c'est ce que je préfère, c'est le moment juste avant de sortir avec un garçon. Je flotte dans un bonheur tranquille, tout est possible, pas besoin de se précipiter. Là par exemple, je SAIS qu'il va se passer quelque chose, mais je ne sais pas encore quoi et c'est trop bon...

MAR

Tu es dingue, Sol ! Si tu savais comme j'en ai marre d'imaginer Nigel ! J'ai besoin de coller mon nez dans son cou, sentir son souffle sur ma joue... S'il n'était pas de l'autre côté de la Manche, je ferais du stop en pleine nuit rien que pour le papouiller un instant, histoire de recharger nos ballerines.

SAND

Tu ferais ça ? Alors que tu es capable de nous réveiller parce que tu as peur d'aller aux toilettes toute seule dans le noir !!

MAR

Évidemment, c'est plein de bestioles, votre grenier de Cherbourg. Mais pour mon amoureux, je serais prête à tout affréter ! L'amour, c'est fait pour se dépasser, non ?

SOL

Tu crois ? Pour moi, l'amour c'est plutôt un truc qui met de la couleur sur tout ce qu'il touche.

MAR

Bon, j'aimerais continuer cette patibulaire conversation, mais il faut que j'aille défoncer la porte de la salle de bains où ma sœur bien-aimée est ensorcelée depuis le petit-déjeuner, en chantant à tue-ma-tête, avec sa voix de fille qui se trouve trop trop belle et qui est trop trop frétillante de passer tant de temps devant son miroir, juste pour m'énerver encore plus que je ne le suis déjà. Vous voyez le blaireau ? Et si je vous dis que nos parents se parlent par mimes, que le hamster presque centenaire pète de plus en plus souvent et que tout le monde s'en fiche que les ressorts de mon matelas soient au bord de l'overdose, vous voyez à quoi elle ressemble ma junky-family en 3D ? Non, vous ne voyez pas, car vous n'avez pas cette famille-là, bénies vous êtes. Embrasse je vous.

Carnet d'Angela
Samedi 1er novembre

Salut Tristan,

Toussaint et jour des Morts. Et maman me demande de commencer à trier mes affaires, préparer les cartons. Elle débloque complètement. Elle veut jeter la moitié de ce qu'on a. Tout est trop vieux, trop chargé, selon elle. Même mon bol ourson, elle m'a demandé si je ne le trouvais pas un peu bébé, si je n'avais pas envie de m'en débarrasser. Elle a carrément oublié que c'est toi qui me l'avais offert pour mes six ans. Elle débloque, je te dis, comme s'il suffisait de changer d'adresse et de jeter un vieux bol pour que la vie soit nouvelle. C'est ce qu'elle chante du matin au soir « une nouvelle vie ». Pour elle, oui, peut-être. Pour moi, c'est juste un nouvel effort d'adaptation. C'est ce que je lui ai dit avant de partir en claquant la porte. Est-ce qu'elle a raison quand elle dit que je suis juste une sale égoïste ? Je me suis calmée en marchant sous la pluie et, quand je suis rentrée à la maison, j'ai vu aux yeux de maman qu'elle avait pleuré et j'ai eu honte.

JustFriends, Groupe Les Parasols de Cherbourg.
Dimanche 2 novembre, 13 h 30

SAND
Hello, les happy ! Vous allez être fières de moi, j'ai ouvert mon classeur de maths.

ANGE
Bravo ! Tu as fini tes exos ?

SAND
Non, mais je fais une pause, ça me fatigue, les maths.

MAR
Cling bing, mes darlinguettes ! Sand, tes maths, je parie que ça ne fait pas cinq minutes que tu as commencé.

SAND
Allez, huit minutes…

ANGE
Sand… On est le dernier jour des vacances et tu pars de chez toi dans deux heures. Tu n'as rien fait pendant 15 jours ?

SAND
Euh, si quand même, un peu…

SOL
Salut les filles…

SAND
Coucou ma couz, comment va ma tata chérie ?

SOL
Bof, bof. Ils ont transmis son dossier à un spécialiste à Paris. On attend la réponse.

SAND

Ça va ? Elle ne flippe pas trop ?

SOL

Depuis qu'elle a parlé avec ta maman, Ange, elle est redevenue un peu plus zen. Le problème, c'est qu'elle pionce tout le temps. Dès qu'elle pose ses fesses, elle s'endort. Hier soir, on regardait un film tous le trois avec Vince. Dès le générique fini, elle a commencé à ronfloter !

MAR

Avec Vince ? Tu l'as revu alors ?

SOL

Ben oui, et plusieurs fois même depuis la fameuse fête. Dès le lendemain, il est passé me chercher pour faire un tour.

MAR

Et ? Alors ?

SAND

Big love ?

SOL

Je ne sais pas. On est toujours sages comme des images. On roule au bord de la mer, tout doucement et après on se pose dans le sable. Il ne dit pas grand-chose, mais il est trop chaton.

MAR

Chaton ? Sol, tu es sérieuse ?

SAND

C'est quoi un mec chaton, Sol ? Tu le grattes entre les oreilles ?

SOL

Un mec joli et gentil pour le regarder dans les yeux pendant des heures en oubliant tout le reste.

MAR

Bah tu sais, crois-en mon expérience, on finit par en avoir marre de se skyper dans les yeux pendant des heures.

SAND

Quoi ? Tu en as marre de Nigel ? Les filles, on va enfin récupérer la totalité du cerveau de Mar ! Ou ce qu'il en reste…

MAR

Non, perfide, je n'en ai pas marre. Mais, ça devient lourd. Je n'arriverai jamais à compenser parfaitement l'anglais pour savoir ce qu'il a dans son cerveau. Et il ne faut pas compter sur Nigel, le français c'est « very trop difficult » !

SAND

Les garçons pensent-ils ? Grande question ! Ou peut-être que c'est juste un problème de mémoire ? Je me suis toujours demandé pourquoi on repasse toujours les buts au ralenti, juste après. Les spectateurs n'ont pas compris ? Ils ont déjà oublié ?

ANGE

Oh Sand, arrête ton char anti-mecs ! Je suis comme Mar. Si je tombe amoureuse d'un garçon, ce n'est pas que pour le regarder, c'est aussi pour avoir de vraies discussions.

SOL

Ah ben, voilà pourquoi tu as dit cet été que tu n'étais jamais tombée amoureuse...

ANGE

????

SOL

Moi je trouve qu'on est bien trop jeunes pour avoir de vraies conversations intelligentes avec des amoureux. Les vraies discutes, c'est avec les copines. À notre âge, le mieux qu'on ait à faire entre garçons et filles, c'est de se reluquer encore et encore. C'est gratuit, ça ne fait pas de mal. Après, éventuellement, on se papouille. Mais la vraie discute, oh là, ça vient quand on est vieux et qu'on s'ennuie parce qu'on n'a plus la pêche pour fabriquer toutes ces hormones, la phényléthylamine, l'ocytocine, la dopamine... Faites pas cette tête, c'est le seul cours de SVT que j'ai retenu de ma vie, celui sur les hormones du plaisir...

MAR

Et donc, chère professeur Sol, Vince te dopamine à fond ?

SOL

En tout cas, il m'aide à supporter l'ambiance lourdingue de la maison.

SAND

Eh oh du bateau, il y a quelque chose qui ne va pas, Sol. Comment tu peux nous faire un cours sur les hormones de plaisir, quand ta mère a un truc qui lui grignote le cerveau ?

SOL

Bouh, ma couz ! J'ai juste dit que c'est plutôt triste chez moi en ce moment, qu'au lycée ce n'est pas génial non plus, et que c'était cool d'avoir Vince avec moi. C'est tout.

ANGE

Salut, ma mère me kidnappe. C'est l'heure de voir notre vieux film italien de réconciliation. C'est ce qu'elle a trouvé de mieux pour qu'on « profite de nos derniers moments toutes les deux ensemble ».

MAR

Elle vit encerclée d'amour, et elle se plaint ! Biz Ange.

Mercredi 5 novembre, 16 h 57
De: M@r
À: @nge
Objet: War time

Mon Ange, comment ça va ?

Chez moi, ce n'est plus une crise, c'est la guerre ! Les bombes, les drones, les missiles. La mission rafistolage des vacances a foiré dans les grandes profondeurs. À mon avis, le monsieur conseiller conjugal est sous Prozac jusqu'à la retraite ! Hier soir, ma mère a largué sa bombe H, et ça a fait un tel boucan que je l'ai entendue depuis ma chambre qui est quand même à l'opposé. Ce que j'ai entendu, je ne peux pas te le répéter tellement ça m'a dévalisée. Je me suis allongée par terre dans le noir les mains sur les oreilles pour ne plus entendre toutes les méchancetés que noyait ma mère depuis tant d'années. Hermine aussi avait entendu. Elle a débarqué dans ma chambre l'air squelettique. Tellement triste, qu'on a dormi dans le même lit ! T'imagines ça ? Ma sœur et moi, enlacées à se revigorer, à tremper l'oreiller, à essayer d'imaginer ce que notre vie va devenir. Avec qui on va habiter ? Et où ? Est-ce qu'il faudra changer de lycée ? Hermine a dit qu'elle voudrait vivre avec maman, ça ne m'étonne pas, elles sont pareilles. Moi, j'irais plutôt avec papa enfin, je crois. Et Flippé le hamster, avec qui il va vivre ? Tout à coup, on a réalisé qu'on allait peut-être être séparées, et on a bouillonné encore plus… Je sais maintenant qu'Hermine est capable de pleurer comme un bébé phoque parce que son papa et sa maman ne s'aiment plus.

Oh, je suis si mal ! Je n'ai pas décongestionné de cette histoire aujourd'hui, je ne sais même pas comment j'ai pu suivre les cours… Ne me laisse pas me noyer le nombril et raconte-moi une petite tranche de ta vie, comme tu sais si bien les tartiner positives, j'ai trop besoin de me remonter les chaussettes. Tu me manques.

Mar

Mercredi 5 novembre, 18h38
De: @nge
À: M@r
Objet: Tartine déménagement

Mar chérie,

Je suis vraiment désolée pour tes parents. Au moins, ils auront essayé d'améliorer les choses en allant voir un conseiller conjugal. Sûrement parce qu'ils ne veulent pas vous faire de mal à toi et à ta sœur. Peut-être que de se séparer un moment, ça pourrait leur faire du bien… euh.

Je t'aide pas vraiment, hein ? En fait, je suis en train de faire les cartons, je déteste ça et ça va être dur de « positiver tes chaussettes » vu mon état d'esprit. Je suppose que j'ai de la chance : je vais bientôt vivre avec des gens qui s'aiment, c'est sûrement mieux que de supporter des gens qui ne s'aiment plus. En même temps, grâce à cette épreuve, tu es en train de réaliser que tu as une sœur et que tu peux compter sur elle. Et voilà une louche de positif.

Parce que dans la série « Je n'ai pas à me plaindre, mais… », quand j'entends ma mère glousser, trop contente de déménager et de faire valser notre vie d'avant, eh bien, j'ai juste envie de l'étrangler. Hier on a visité la nouvelle maison. OK, elle est bien cette baraque. Vraiment grande. Et je vais pouvoir choisir ma chambre parce qu'elle et Xavier font tout ce qu'ils peuvent pour être sympas avec moi. Figure-toi que ça m'énerve encore plus. Ils me donnent l'impression que je suis un genre de bébé fragile ou une ado traumatisée. Ma mère répète qu'il faut qu'on profite des derniers moments que l'on passe toutes les deux, mais, en même temps, je sens bien qu'elle n'est pas disponible, que tout ce qui l'intéresse c'est de choisir le futur carrelage de la cuisine…

Bon allez, encore une louche de positif : tout ça m'a donné une idée de projet photo. Je vais photographier en noir et blanc tous les objets qui sont importants pour moi, tu vois tout mon petit bazar de trucs bidules : mes fringues fétiches, mes livres préférés, tous mes souvenirs depuis que je suis petite et puis après je photographierai les cartons en couleur. Le noir et blanc / couleur, c'est pour parler de la disparition, du changement, de la rupture… T'en dis quoi ?

Je pense très très très fort à toi, essaie de te faire du doux dans ta chambre !

Ange

Mercredi 5 novembre, 20h49
De: M@r
À: @nge
Objet: Tu assures!

Ton idée, elle surnage vraiment beaucoup. Sauf que moi je photographierais mes souvenirs en couleurs et les cartons en noir et blanc, parce que moi, j'ai horreur de quand ça change, j'ai horreur que mes parents se séparent.

Sans rire, c'est une super idée. T'es une vraie artiste,

mon Ange. Entre Sand et toi, je ne me sens vraiment pas dotée…

Mar

P-S : Et merci pour la photo de Siméon en train de squatter un carton les pattes en l'air et l'air saucisse. Ça se voit que, lui non plus, il ne veut pas déménager !

> Mardi 18 novembre, 3h45
> De: Sol
> À: S@nd, @nge et M@r
> Objet: ma mère, au secours!

Ça y est, ma mère a eu une réponse du spécialiste de Paris. Elle a rendez-vous fin décembre. Le traitement risque de durer longtemps, il va falloir qu'elle reste en métropole plusieurs semaines, peut-être des mois… Alors, elle m'a demandé de l'accompagner en France ! Soi-disant, je suis trop jeune pour qu'elle me laisse toute seule à la maison pendant si longtemps. Vu qu'on ne sait pas combien de temps ça va durer, elle dit qu'elle sera plus tranquille si je suis à côté d'elle. Qu'au pire, je suivrai ma scolarité par correspondance. Elle délire ! Le lycée ? Mes potes ? Ma vie ? Vince ? On dirait qu'elle s'en fout. Mes loukoums adorés, je suis désespérée, qu'est-ce que je pourrais faire pour la convaincre qu'à 16 ans, je suis bien assez grande pour qu'elle me laisse en Martinique ?

Des bizous,

Sol

Mardi 18 novembre, 17h23
De: M@r
À: @nge, S@nd
Objet: Pourquoi tant de haine?

Je viens de lire le mail de Sol et je ne comprends pas bien pourquoi elle ne veut pas venir en métropole. Qu'est-ce qu'elle a contre? Je veux bien l'hiver, le froid et les collants en laine, le nez rouge. Mais elle serait près de sa mère. Et elle ne serait pas loin de nous, on pourrait se voir, la roudounouner de tous ses soucis. En plus, fin décembre, c'est vacances, réveillon et compagnie. On pourrait se retrouver dans la vraie vie pour une vraie séance de papouilles vitamines!

Et si on lui disait que la seule solution pour que sa mère la laisse toute seule, c'est qu'elle fasse tous les jours la bouffe, la vaisselle, le repassage, la poussière, les courses, la salle de bains et les chiottes? Genre Cendrillon qui doit en plus assurer avec un bulletin astronomique et rentrer tous les soirs samedis inclus avant le coucher du soleil? À mon avis, Sol, ça devrait la décoiffer sévère... Elle serait dégoûtée d'avance, et elle accepterait de venir en métropole. N'est-ce pas que je suis géniale?

Mar

Mardi 18 novembre, 17h29
De: @nge
À: M@r, S@nd
Objet: Récidive et déni

J'avoue que, moi non plus, je ne comprenais pas très bien sa réaction. J'en ai parlé avec ma mère... Je lui ai dit que je trouvais le comportement de Sol vraiment bizarre. Je vous répète ce qu'a répondu ma mère, parce que sinon vous allez encore dire que je fais mon dictionnaire à pattes et je vous rappelle qu'elle est infirmière psy : « Solveig fait un déni face à la récidive de la maladie de sa mère. » Après je ne sais pas comment on fait pour dénier un déni ni rétamer une récidive...

Des bises,

Ange

Mercredi 19 novembre, 19h16
De: S@nd
À: M@r, @nge
Objet: On parie combien?

On parie combien que vous avez tout faux ? Ni les collants en laine, ni le nez rouge, ni le déni ou la récidive. C'est juste qu'elle est amoureuse, et quand elle est amoureuse, elle ne pense plus qu'à ça ! Si elle ne veut pas quitter la Martinique, c'est juste à cause de Vince.

Mais là, il faut qu'elle abandonne son délire et qu'elle

vienne en métropole avec sa mère, parce que le traitement de tata Régine, ça va être du costaud. Elles vont avoir besoin l'une de l'autre. Le problème avec ma couz, c'est que, si on est trop lourdes, elle va se braquer… Alors je suggère que tout-doux tout-doux, on essaie de la faire changer d'avis, comme ça, mine de rien, du bout des doigts. Je compte sur vous et votre légendaire délicatesse, mes pépettes…

On se co ce week-end ?

Sand

JustFriends. Groupe Les Parasols de Cherbourg. Samedi 22 novembre, 18 h 52

SOL

Ici ondes pourries ! Répondez ! Y a quelqu'un ?

ANGE

Bonjour Sol ! Comment ça va ?

SAND

Des nouvelles de ma tata ?

SOL

Rien de neuf. Elle râle dès que je me sers du wi-fi. Et elle n'est toujours pas d'accord pour que je reste ici. J'ai palabré pendant des heures, elle ne veut rien entendre…

MAR

Pourquoi tu ne veux pas venir en métropole ? On pourrait se voir à Noël !

SOL

Aucune envie. Paris, l'hôpital, l'hiver, c'est trop pour moi…

MAR

Mais il y a aussi les chocolats chauds, les pulls en cachemire…

ANGE

Les flocons tout blancs… La lumière très pure…

SAND

Dis la vérité, ma couz… C'est à cause de Vince que tu veux rester en Martinique ?

SOL

Vince, les balades en voiture et tout le reste… Je veux rester ici parce que je ne suis pas une sainte, une infirmière ou une super-héroïne. Je suis trop jeune pour tout ça. De toute façon, je ferai quoi à Paris pendant qu'elle passe ses scanners, ses IRM et tout ?

MAR

Faut pas te bouler, hein ! Mais c'est con parce qu'à Paris, on aurait pu se voir.

SAND

Et puis c'est ta mère, quand même ! Je ne comprends pas que tu n'aies pas envie d'être avec elle.

SOL

Moi, ce que je ne comprends pas, c'est qu'au lieu de me soutenir, vous me critiquez…

ANGE

Mais non, c'est juste qu'on a envie de te voir !

SOL
Désolée de vous décevoir. Bisous.

ANGE
Courage, Sol, on t'embrasse.

MAR
Ciao bella diva !

Samedi 22 novembre, 20h12
De: S@nd
À: M@r, @nge
Objet: Laissons faire...

On dirait qu'on n'est pas les limousines de la délicatesse... Bon je crois qu'elle est très contrariée, Miss Fuchsia. Et je crois aussi que, quand Sol a une idée dans la tête, ce n'est pas la peine de se fatiguer. Elle fera exactement comme elle a décidé... Donc : wait and see you. Mais j'espère vraiment qu'elle changera d'avis.

Sand

Carnet d'Angela
Dimanche 23 novembre

Salut Tristan,

Ça y est, on est installés dans la nouvelle maison et je viens d'y passer ma première nuit. Premier réveil, premier dimanche… Siméon ne sort pas de son carton et il regarde autour de lui avec des yeux terrifiés. Ça pue la peinture, la pluie fait un bruit de mitraillette sur le Velux, et les lumières de la salle de bains ne marchent pas. Ambiance chantier. Où est ma maison ?

C'est bizarre, chaque fois qu'on change d'endroit, j'ai l'impression de m'éloigner un peu plus de toi. Avant, je voyais ta maison de ma fenêtre. Ça me retournait, mais quand on a déménagé, je me suis dit que je te laissais encore plus seul au fond de ton trou. Est-ce que ce sera comme ça toute ma vie ? À chaque fois que j'habiterai une nouvelle maison je penserai : « encore un endroit que Tristan ne connaîtra pas » ? Ce matin, premier petit-déj, je me suis levée hyper tard, histoire d'être sûre que tout le monde avait fini. Quand je suis arrivée dans la cuisine, un peu avant midi, tout était remballé et ma mère était en train de cuire le poulet en chantonnant. Elle m'a expliqué que c'était trop tard pour mon bol de céréales, que le déjeuner serait prêt dans pas longtemps. Elle a ajouté avec un petit sourire ravi : « Il faut t'y faire, ma loute, on est une famille nombreuse, maintenant. » Pas de petit-dèj tranquille ? Pas de céréales au chocolat ? J'ai senti la rage m'envahir. C'est débile de se sentir aussi mal à cause de ça, non ? Il n'y a qu'à toi que je peux le dire. Je n'oserais même pas en parler aux filles, tellement je me sens nulle et bébé.

Pour tout arranger, cet après-midi, c'était nettoyage de notre maison d'avant. Je me suis usée les mains sur l'éponge et la serpillière pendant que les trois fils Bisla restaient peinards devant l'ordi. Ils ne sont même pas venus donner un coup de main. Ma mère leur avait pourtant tendu des perches : plus on est de bras, plus ça va vite… tu parles. Et leur père n'a même pas insisté. Bien évidemment, moi, il fallait que j'y aille, puisqu'il s'agissait de ma crasse !

Pour m'achever, quand je suis rentrée, j'ai trouvé mon bol ourson sale sur la table et le paquet de céréales vidé. Premier dimanche de merde. Comment sera la suite ?

Mardi 25 novembre, 22h12
De: S@nd
À: M@r, @nge, Sol
Objet: un rendez-vous clandestin…

Prière de vous co le plus vite possible.
Sand

JustFriends. Groupe Les Parasols de Cherbourg. Mardi 25 novembre, 22h15

SOL

Saluti la compagnie. Vous avez reçu le mail mystère de ma couz ?

MAR

Je me demande bien pourquoi, elle veut qu'on se connecte en pleine semaine ?

SAND

Surprise ! Devinez qui est là, un mardi soir ? Devinez qui est sortie de l'internat alors que la nuit est tombée et que les loups garous hurlent dans la plaine ? Alors, vous dites quoi ?

MAR

Super Sand Sensass Sonique !

SAND

Eh oui ! Peinarde, dans un café en ville.

ANGE

Trop génial que tu soies là ! J'ai une super-super nouvelle à vous annoncer.

SOL

Attends, Ange, juste une minute : Sand, pourquoi tu es dehors ?

SAND

Comme ça, pour rigoler. On a eu envie de boire un coup en ville, avec Yann et deux autres copains de l'internat. Et chouette découverte, il y a un ordi connecté dans ce bar minable… tant qu'à faire le mur, autant en profiter pour me co avec vous, mes chéries. Vous n'allez pas me dénoncer, hein ?

MAR

Et comment vous avez fait ?

SAND

Disons que je pratique l'internat depuis la sixième et que je sais comment gérer le mode clandestin…

SOL

Moi aussi, je suis en mode clandestin…

MAR

Et moi je suis en mode survivante.

SAND

Clandestin ? Survivante ? C'est quoi le film ?

SOL

Mon film à moi, c'est que les tatas tofu sont là ce soir et que wi-fi maman bobo, le numérique c'est pas bo…

MAR

Mon film à moi, c'est qu'il y a deux zombies papa maman qui continuent à se grignoter le nez dans la cuisine en gueulant à l'autre de déguerpir. Et que pour arriver au frigo, t'as intérêt à enfiler une armure. Ange, bel Ange, rends-nous le sourire : c'est quoi ta bonne nouvelle ?

ANGE

Ma mère m'a proposé de vous inviter toutes pour le Nouvel An pendant que les garçons seront chez leur mère ! On aura la maison pour nous !

SAND

Se retrouver dans ta nouvelle maison ? Classe !

MAR

Des retrouvailles pour la nouvelle année ? Mais c'est une super idée ! Dites, pourquoi j'ai comme une extension de « déjà-vu » ?

SOL

Un genre de réminiscence tu veux dire ?

SAND

Une sorte de rêve récurrent ?

ANGE

Qu'est-ce que qui vous arrive ? J'ai dit une ânerie ?

SAND

C'est juste qu'on avait parlé de se retrouver l'année dernière à la même époque, que ça avait foiré par ma faute…

MAR

… et qu'on s'était juré petits pois de fer qu'on remettrait la soupe cette année…

SOL

… mais là, dans le contexte, ça semble hors sujet.

SAND

Au contraire, ce n'est pas hors sujet ! Sol, il faut juste que tu te décides à venir en métropole avec ta mère. C'est l'occase ou jamais !

MAR

Eh comment ! Bien sûr que tu as raison Sand, les Parasols de Cherbourg sous la neige, c'est hors saison, mais pas hors sujet ! Sol, il FAUT que tu viennes avec ta mère en France. C'est ton karma, ta destinée…

SOL

Je rêve ou c'est un coup monté ? Bientôt, Dieu va apparaître dans un coin de l'écran pour m'expliquer que le destin veut que j'aille en métropole ? Que le Nouvel An toutes les quatre, ce sera les Paradis de Cherbourg ? Vous êtes mignonnes, mais non, je vais rester dans mes îles, dans ma maison. Ma mère, ce n'est sûrement pas si grave que ça. Pour vous dire le fond de ma pensée, il y a des fois, je trouve ça débile qu'elle aille à Paris. Et en attendant qu'elle s'en rende compte, je serai très bien ici, point final. Merci de ne plus insister.

SAND

Eh ben ! On dirait qu'elle se met en colère ma couz ! Je vous laisse, je vais retrouver mes potes, ils m'ont commandé à boire. Zoubi.

JustFriends. Groupe Les Parasols de Cherbourg. Mardi 9 décembre, 22h22

SAND

Ohé, y a quelqu'un ?

MAR

Hello, ma Sand ! Tu as refait le mur ?

SAND

Ouaip... Je suis au café, comme la semaine dernière. Finalement, il n'est pas si nul, ce rade. C'est plein d'étudiants, ce soir.

ANGE
Tu es la seule de l'internat ?

SAND
Oui, les autres se sont dégonflés. Un apprenti cuistot sympa a bien voulu m'attendre pour me déposer en mobylette. Ça m'éclate !

MAR
Quoi, la mobylette ou le cuistot ?

SAND
Ni l'un ni l'autre. Juste d'être là, en ville, à papoter avec vous en écoutant de la bonne musique, pendant que les autres font ron-ron à l'internat.

MAR
Rebelle à deux billes !

ANGE
Et comment tu vas faire pour rentrer après ? Le cuistot est resté avec toi ?

SAND
Non, après je ferai du stop.

MAR
Du stop ? Toute seule ?

ANGE
Tu es folle, Sand ! C'est hyper dangereux, le stop !

SAND
Merci, et sinon vous avez d'autres solutions pour faire les dix kilomètres entre le café et l'internat ?

MAR
Il ne peut pas te prêter sa mobylette, le cuistot ?

ANGE

Tu ne pourrais pas t'acheter un vélo ?

SAND

Non et non. Alors je fais du stop. La semaine dernière, on a été pris par une dame super sympa qui revenait de sa chorale et chantait dans la voiture.

ANGE

Mais tu n'étais pas toute seule !

MAR

Je suis sûre que c'est plein de prédicateurs dans ton coin.

SAND

Surtout que j'ai mis une minijupe…

MAR

TOI ???? Même quand il fait 72 degrés, tu ne montres pas tes jambes !

SAND

Je blague. Je suis comme d'hab en jean noir, pull noir, Doc Martens et… cheveux rouges !

MAR

Cheveux rouges ? Non ? Génial !

SAND

Eh oui, ça faisait un moment que j'avais envie de me faire des grandes mèches rouges, eh ben ça y est !

ANGE

Ça rend bien ?

SAND

D'enfer !!! Pur punk-rock !

MAR
Oh vous savez quoi ? À la maison, Hermine s'est dépoussiérée en blonde… Soi-disant pour se remonter le moral. Elle m'a trop fait rire : je l'ai vue faire des mimiques à la Marilyn dans sa glace.

SAND
Hermine en Marilyn, je vois pas trop… Elle n'a même pas de nichons ! Une Marilyn sans la pulpe…

MAR
C'est sûr que, chez Hermine, tu as beau secouer, tu trouveras jamais la pulpe.

SAND
Faut pas que je tarde, les chéries. Le temps qu'une voiture me prenne.

MAR
Pourquoi tu es venue si c'est pour rester cinq lunettes avec nous ?

SAND
Pour le grand frisson de l'interdit…

ANGE
Rien que de t'imaginer toute seule sur la route…

MAR
Ton pouce innocemment levé…

SAND
Stop, on arrête tout de suite. Vous allez me porter la poisse ! Je vous embrasse.

ANGE
Tu nous enverras un mail pour nous dire que tu es bien rentrée, hein ?

SAND
Ça marche !

MAR
Bonne nuit, ma Sand. Bonne nuit, mon Ange.

ANGE
À ce week-end !

> Mercredi 10 décembre, 10 h 15
> De : S@nd
> À : Sol, @nge et M@r
> Objet : J'ai fait une connerie

Pas le temps de vous parler beaucoup. Je vis le plus mauvais film en 3D de ma vie. Hier soir, j'ai été prise en stop par un mec bien lourd (vous m'avez porté la poisse, les filles) et quand il m'a laissée à l'internat, une pionne m'a chopée direct. Elle m'a parlé méchamment, elle a braillé trop fort dans mes oreilles et moi comme j'étais déjà bien énervée par le type et ses allusions pourries, j'ai fait la connerie qu'il ne fallait pas faire, je n'ai pas réussi à me contrôler, je l'ai insultée. C'est sorti d'un coup et ça a fait l'effet d'Hiroshima dans l'internat. J'ai passé la moitié de la nuit à poireauter devant le bureau du directeur qu'on a réveillé exprès. Le résultat, c'est que je passe en conseil de discipline juste avant les vacances de Noël. Ils ont prévenu mes parents. Vous imaginez bien qu'ils sont furax et je me dis que je ferais aussi bien de passer tous mes week-ends chez Dame

Isabelle jusqu'à la fin de l'année scolaire, encore faut-il que je sois pas virée.

JustFriends. Groupe Les Parasols de Cherbourg. Mercredi 10 décembre, 14h37

MAR

Bonjour la mouise ! Qui est là pour me dire que je rêve ?

ANGE

Je crois bien qu'on a reçu le même mail… Pauvre Sand.

MAR

Quoi pauvre Sand ? Elle m'énerve, mais elle m'énerve ! On dirait qu'elle le fait exprès ! Insulter une pionne, elle se croit où ? À croire qu'elle a envie de se faire électrocuter. Elle fait du stop en pleine nuit, elle incruste la surveillante… C'est même pas la peine de rêver qu'on va se retrouver pour le Nouvel An. Jamais ses parents ne lui donneront la permission de venir. C'est naze ! Quand son mail est arrivé, j'étais en train de faire la liste des fringues que j'allais prendre…

ANGE

T'es vraiment perchée, Marounette ! Sand va droit au conseil de discipline, avec ça. Tu ne penses pas que se faire jeter de son lycée, c'est beaucoup plus grave que louper ma fête du 31 ?! Tu ferais mieux de te préoccuper de ce qui va lui arriver si elle est exclue…

SOL

Salut Ange. Salut Mar. C'est vrai que ma couz, elle a le don pour les emmerdes ! Bon, en tout cas, moi je serai là le 31. Et même à Noël. Mais le 3 janvier, je rentre. J'ai conclu un accord avec ma mère : je l'accompagne pendant les vacances et après je rentre à la maison, avec ou sans elle.

MAR

Tu l'as convaincue dans ton costume de Cendrillon ?

SOL

Pas vraiment. Mais je lui ai expliqué que j'étais incapable de travailler toute seule ou par correspondance. Et qu'elle foutrait ma seconde en l'air si elle m'obligeait à quitter mon lycée.

ANGE

C'est vrai ?

SOL

Que je ne pourrais pas travailler seule ? Je ne sais pas, je n'y ai même pas réfléchi. Que ma seconde serait fichue ? Oui. Je serais trop malheureuse loin d'ici. En tout cas, je suis contente de vous voir pour le Nouvel An. Maintenant, il faut juste prier pour que Sand ne soit pas virée…

MAR

Alors prions…

JustFriends. Groupe Les Parasols de Cherbourg.
Dimanche 14 décembre, 13 h 33

MAR

Y a du beau monde devant son ordi ?

SAND

J'y suis !

ANGE

Moi aussi... Tu es chez toi, Sand ?

SAND

Non je me fais deux week-ends d'affilée chez Dame Isabelle avant les vacances. Vu l'humeur de mes parents, je suis mieux ici. Elle me fait kiffer, Dame Isabelle, elle devient de plus en plus sympa. Selon elle, un conseil de discipline, c'est une très bonne occasion de s'expliquer, de dire pourquoi on a fait les choses et pourquoi on les regrette.

MAR

Alors qu'est-ce que tu vas dire ?

SAND

Elle m'a laissée un moment toute seule pour y penser. C'est tranquille chez elle, plein de bouquins, de plantes vertes, ça m'aide à réfléchir sans m'énerver. Je dois m'excuser bien sûr, je me suis défoulée sur la pionne, c'était n'importe quoi... Mais je voudrais aussi leur dire que c'est trop dur à notre âge d'être coupée de ses amies. Dame Isabelle a l'air d'accord et on est en train d'écrire un petit discours, toutes les deux... Là, elle fait sa sieste et après, on s'y remet. C'est gentil, non ?

ANGE

Tu le sens comment, ce conseil ?

SAND

Tu veux la version optimiste ou la version pessimiste ?

ANGE

Ta version !

SAND

J'ai pas vraiment le profil de l'élève modèle, j'ai des notes très moyennes pour ne pas dire mauvaises, j'ai fait le mur et j'ai insulté une surveillante… je suis quasi sûre qu'ils vont me lourder.

MAR

Tu le vivrais comment si ça arrivait ?

SAND

Hyper mal, tu parles ! Même si ces derniers temps, entre potes, on râlait pas mal contre le lycée. Mais, là, de m'imaginer dehors ! Cette option musique, je me dis que c'est la pure chance et que, sans ça, ma vie est foutue. Je sais bien que jamais je ne retrouverai un lycée comme celui-là où je m'éclate autant.

MAR

Tu es vraiment un boulet, Sand ! Tu te souviens qu'on devait se retrouver pour le jour de l'An ? J'avais déjà commencé à dérouler mes petits rêves de tout ce qu'on allait pouvoir faire, toutes les quatre dans la grande maison d'Ange. Les batailles de farine à minuit, les concours de lancer de pots de confiture, les glissades dans la salle de bains de princesse, tout ça annulé grâce à toi, merci !

SAND

Je suis désolée, je suis désolée, je suis désolée.

ANGE

Tu n'as pas eu de chance. Mais peut-être que ta prof de musique va te défendre. Celle qui te trouve douée.

SAND

Peut-être… Ça serait cool de sa part, mais faut pas rêver, je suis nouvelle et je fais une connerie au bout de trois mois. Mar a raison, je suis un boulet.

ANGE

Je dois y aller, mais je pense bien à toi !! May the force be with you !

MAR

Tu te débrouilles pour nous envoyer des nouvelles dès que, dac ?

SAND

Promis. À tout bientôt

> Lundi 15 décembre, 17 h 07
> De : M@r
> À : @nge
> Objet : famille je vous hais

Mon bel ange,

Mon prof de litté est absent et j'en profite pour t'envoyer le dernier épisode de la série… Tu es la seule à avoir suivi tous les épisodes. Sol a d'autres sushis à fouetter et Sand, entre le lycée de ses rêves et ses tentatives suicido-scolaires, j'ai bien vu qu'elle s'en fout de ma série.

Eh ben voilà, après les fracassages, les coups de poing sur les tables, les hurlements et les départs à percussion de papa, un silence de forêt Tchernobyl s'est installé hier dans la maison. Le monde du SIIIILLLEEEENNNNCCE ÉTERNELLLLLL ! Total lugrubre ! On s'était retrouvés tous les quatre à table, pour une fois, les parents raides comme des robots pendant tout le déjeuner. Et puis ma mère a renversé la compote et elle a jeté un vrai regard de désespoir à mon père !!! Papa, il a enchaîné avec cinq minutes de gratouillements de gorge (ahum, ahum !) avant de dire : « Ça y est, j'ai trouvé un appartement et je quitte la maison. Votre mère et moi, on va divorcer. »

Je te raconte comme ça, je mets en scène et ça a l'air drôle… mais pas du tout. C'est juste que, si tu rajoutes pas un peu de confiture là-dedans, tu meurs étouffé sous les émotions, les poumons noyés de chagrin. Ça a failli nous arriver, d'ailleurs. À table, ma mère s'est mise à pleurmouiller et ça se voyait que mon père était dépoli. Hermine m'a serré la main très fort. Moi, j'étais comme assommée. Et puis d'un coup, j'ai pensé à une grosse connerie (me demande même pas quoi !) et j'ai commencé à rire, à rire, à hurler de rire. Pendant que je courais vers ma chambre, j'ai entendu ma mère dire dans un sanglot : « C'est bien, il y en a au moins une qui trouve ça drôle. » J'ai atterri sur mon lit, j'ai pleuré en riant et rié en pleuriant et mon père est rentré dans ma chambre et on a pleuroté tous les deux.

Mon papa m'a fait un câlin comme quand j'étais petite et il m'a expliqué qu'il m'aimerait toujours. Et aussi qu'il ne fallait pas en vouloir à ma mère parce que les choses étaient compliquées pour elle. Et puis il est sorti de la chambre et j'ai entendu la porte de la maison se fermer… Et là, j'ai dû lutter contre la noyade de toutes mes forces !

Heureusement Hermine m'a rejointe et on a maté des séries jusqu'au soir et après elle a dormi dans mon lit. Je me suis concentrée sur sa respiration pour pas entendre ma mère en ébullition dans la maison. Voilà ma chérie, où en est rendue ma pauvre et désespérante famille. Alors, grapillonne toutes les petites bulles d'amour que tu peux trouver entre ta mère et XB…

Ça ne durera peut-être pas. Enfin j'espère pas quand même…

Je t'embrasse XXL,

Mar

JustFriends. Groupe Les Parasols de Cherbourg. Lundi 15 décembre, 17 h 33

ANGE

Eh Mar, tu es toujours par là ?

MAR

Oui, coucou Ange.

ANGE

Je suis vraiment désolée pour ce qui t'arrive…

MAR

Merci. Tu sais, c'est pas vraiment une stupéfaction, mais de voir mon père partir pour de bon, ça fait un effet décapant.

ANGE

Tu m'étonnes ! Ils vont divorcer alors…

MAR

Les adultes sont vraiment à la rascasse côté sentiments, je trouve. Ma mère est complètement ratatinée, elle ne fait que pleurer alors que c'est elle qui veut divorcer. Mon papa, j'crois qu'il est juste déclassé par les éléments.

ANGE

Tu espères encore que ça s'arrange entre eux ?

MAR

Peut-être, mais ils n'ont pas l'air de savoir mieux s'y prendre que nous et, franchement, ce n'est pas rassurant ! Pas étonnant que je m'en sorte aussi mal avec Nigel. Ce doit être héréditaire…

ANGE

Tu en es où avec Nigel ? C'est fini ?

MAR

Pourquoi tu demandes ça tout le temps ? On dirait que c'est ce que tu attends. En fait, il ne se passe plus rien et j'ai pas l'énergie de lui courir après.

ANGE

C'est peut-être le moment de rompre ? Je sais que c'est un peu dur à entendre, mais ce n'est pas la peine de faire durer les choses cent mille ans… si ça ne va nulle part.

MAR

Tu me connais, c'est pas difficile pour moi d'hypothéquer des milliards de voyages depuis mon lit… Mais j'ai pas trop envie d'en parler maintenant. Ça ne t'ennuie pas ?

ANGE

On peut en reparler plus tard. Si tu as envie..

MAR

Merci mon Angelette, ça me fait du bien de savoir que tu es là !

ANGE

Bisous Mar, à bientôt.

Mercredi 17 décembre, 18 h 04
De : S@nd
À : M@r, @nge, Sol
Objet : Alléluia !

C'est bon, je ne suis pas lourdée. Je me suis ramassé un bon paquet d'heures de colle avec travaux d'intérêt éducatif, comme ils disent. En gros tous les mercredis aprèm pendant un mois, au lieu d'avoir le droit de sortir, je reste ici à ranger le CDI, frotter les tables, gratter les chouingoms, astiquer le gymnase, nettoyer la pelouse. Je dois vous avouer que c'est grâce à Dame Isabelle. Le discours qu'on a préparé ensemble, eh ben je le savais par cœur. J'ai dit ce que j'avais sur le cœur : le règlement super strict, le manque de mes proches, le fait que je suis en pension depuis que j'ai 11 ans et que j'ai besoin de plus de liberté… Je me suis excusée, aussi. Quand j'ai eu fini, la pionne m'a regardée d'un air hypra sévère et j'ai senti les larmes qui me montaient aux yeux. Elle a juste dit : « Il faut que tu apprennes à te contrôler, Sandra, sinon tu auras de gros soucis. »

Je ne vous dis pas comme la vie est belle. Et en plus c'est les vacances dans trois jours ! Mais, les chéries, faut pas rêver : je ne viendrai pas à Cherbourg pour le Nouvel An. Mes parents m'ont prévenue que je passerai toutes les vacances à la maison, à bosser… Si vous vous retrouvez sans moi, je ne serai pas jalouse. Il faut bien que je paie pour mes bêtises, comme dit Dame Isabelle.

Je vous embrasse. Vivement qu'on puisse se co… On pourra se gaver de réseau jusqu'à l'overdose, miam, miam !

Sand

Mercredi 17 décembre, 16h53
De: Ange
À: S@nd, M@r, Sol
Objet: génial!!!! trop nul!!!!!

Bravo, Sand ! T'as assuré ! Je suis vraiment contente pour toi. Mais c'est nul que tu ne puisses pas venir. En même temps, il fallait bien s'attendre à ce que tes parents réagissent…

Ange soulagée / déçue

JustFriends. Groupe Les Parasols de Cherbourg. Samedi 20 décembre, 21h26

SAND
Coucou ! Home sweet home ! Je n'en reviens pas d'être aussi contente de retrouver ma ferme. Prêtes pour le marathon JustFriends ? Co 24 heures sur 24 ?

MAR
À voir… L'ordi est en terrain miné, je préfère restée enfermée dans ma chambre. Dès qu'on se croise, ma mère me bafoue des choses sur mon père que je n'ai pas du tout envie d'entendre ! J'ai hâte que Noël soit passé. Noël sans papa, je n'arrive même pas à imaginer. Sol, c'est quand ton avion ?

SOL
Le 27.

SAND
Et vous faites quoi ta mère et toi, en arrivant ?

SOL
Si on arrive…

SAND
Pourquoi tu dis ça ?

SOL
Je ne le sens pas, ce voyage. Je suis sûre qu'on va avoir un accident…

SAND
Pouhouhou, arrête Solinette avec tes délires.

MAR
Elle a raison, Sol. C'est fou le nombre de trucs qui

peuvent subvenir dans un avion. On peut tomber dans la cuvette et se faire broyer dans la soute par – 40 °C… On peut se prendre un bol de soupe turbulencée en pleine poire et se retrouver brûlée au 28e dessous, défigurée à vie…

SOL

Moque-toi ! Je ne le sens pas, c'est comme ça, je ne peux pas faire autrement. Je sais qu'on va se scratcher.

SAND

T'es lourde, tu sais ? Ce n'est pas parce que tu n'as pas envie de venir, que l'avion va s'écraser.

MAR

Dis, Souloute, pourquoi tu ne viendrais pas un peu chez moi en arrivant ? Je pourrais t'attendre à l'aéroport.

SOL

Tu serais comme ma petite fée au bout du tunnel, la lumière qui va veiller sur moi pendant tout le voyage ! Du coup, je mettrais un tutu rose pour que tu me reconnaisses à l'arrivée.

ANGE

Prévois aussi un boa indigo. Les nuits sont fraîches par ici !

MAR

Sol, sérieux, tu t'en bats l'œil si je viens te chercher ou quoi ?

SOL

Oh non, Marounette ! Je serais super contente si tu étais là, ça me ferait moins peur, je t'assure. Maman a prévu qu'on aille chez sa copine Estelle qui habite à

Paris avant les premiers examens. Mais oui, sans problème, je crois que je pourrais venir chez toi.

Vendredi 26 décembre, 16h45
De: M@r
À: S@nd, @nge, Sol
Objet : I'm sorry

Mes poulettes, la vie est tellement farfadette des fois ! Il m'arrive un truc fou ! Mais, Sol, faudra pas m'en vouloir, je ne serais pas là quand tu atterriras après avoir traversé des soupes turbulentes et des ouragans tectoniques. Figurez-vous que mon papa nous emmène à Londres, Hermine et moi.

L'histoire est dingue : il me demande ce que je veux pour Noël. J'ai failli lui dire « que vous vous aimiez encore avec maman », mais ça aurait été vraiment trop débile, alors j'ai dit un autre truc que je trouvais tout aussi dingue : « je veux aller à Londres. » Il a dit « ah bon ? Mais c'est une bonne idée, ça. Je vais prendre nos billets demain. » Je vous vois venir : vous allez me vaporiser que je suis une fille chamallow-love et que j'embraie Londres parce que je morfonds Nigel. Mais laissez-moi vous dire la vérité : mon père a passé Noël tout seul, vous imaginez la déprime ? Il faut qu'on resserre les liens pour le Nouvel An, c'est une urgence familiale ! Et puis Londres, c'est top classe comme destinée !

D'ailleurs, je ne sais même plus si ça me ferait plaisir

de voir Nigel. Je suis tellement triste à cause de mes parents que j'ai l'impression qu'il n'y a pas de place pour autre chose.

Je vous embrasse fort.

Mar

Carnet d'Angela
Vendredi 26 décembre

Salut Tristan,

Mar à Londres. Et voilà la bonne nouvelle de la fin d'année ! Avec un peu de malchance, elle va revoir Nigel et on repart pour les silences, les hypocrisies et les malaises. Si jamais tu peux faire quelque chose, je t'en prie, fais qu'ils ne se voient pas. Ou qu'ils cassent pour de bon. Ce n'est pas sympa de dire ça, mais je n'y suis pour rien dans cette sale histoire.

Saison 2 : **Hiver**

Samedi 27 décembre, 21h35
De: Sol
À: S@nd, M@r et @nge
Objet: Atterrissage réussi

Ça y est les filles, je suis à Paris, je respire. Je vous jure, ce voyage a été le plus long de ma vie ! En voyant l'hôtesse de l'air faire sa petite choré avec les consignes de sécurité, j'étais pétrifiée, sûre que l'avion allait se crasher, qu'on allait devoir gonfler le gilet de sauvetage pour de bon ; mes rêves me le disaient trop bien. Incapable de mater un film, d'éplucher les magazines de mode, à côté de maman endormie, je ne pensais qu'au grand plongeon dans l'immensité de l'océan. Au bout de deux heures de vol, je me suis dit qu'il fallait que j'affronte mon destin et j'ai récité des prières-mantras. Plusieurs milliers, je crois bien. Ça disait « faites que maman ne reste pas trop longtemps à Paris », « faites que maman aille mieux », « faites qu'on ne se retrouve pas en confettis, éparpillées dans l'océan Atlantique »… Eh ben vous savez quoi ? Ça a marché. Un calme énorme m'a envahie, comme si j'étais dans une bulle. Trop génial. Et on n'a pas eu une seule turbulence ! Et maman a pas eu mal au crâne de tout le vol !

Estelle, la copine de ma mère, nous attendait à l'aéroport. C'est chez elle qu'on habite en attendant le rendez-vous à l'hôpital. Elle est juste à côté de Beaubourg, en plein centre de Paris ! C'est bien situé, mais son appart, c'est un vrai placard… Je vais devoir dormir avec ma mère dans le canapé-lit. J'en rêve d'avance !

Du coup, je suis au milieu du salon et je n'ose pas aller sur JustFriends. Je vous connais, si on se retrouve à tchater, vous n'allez plus me lâcher ! Demain j'essaierai peut-être d'aller dans un café si je sens que je gêne. Maman n'a pas l'air trop d'accord pour que je me balade dans le quartier toute seule, mais en sortant du métro, j'ai vu des boutiques trop classes et un brin de shopping, ça me dit carrément ! J'attends d'avoir de vos nouvelles maintenant que je suis à deux pas de vous et branchée sur les mêmes horaires. Et tant pis pour Mar, cette lâcheuse qui préfère son boyfriend à ses amies…

Je vous embrasse et à très vite !

Sol la Parisienne

JustFriends. Groupe Les Parasols de Cherbourg.
Lundi 29 décembre, 16 h 53

SOL

Les filles ? Ralliement ! Estelle est sortie faire les courses. Maman dort, je suis sur l'ordi pour une durée indéterminée.

SAND

Bienvenue au pays des camemberts, ma cousine. Tu as trop de chance d'être à Paris ! Ses catacombes, ses concerts underground et ses puces. Tu vas halluciner !

SOL

Eh, Ange, tu es là aussi… je te vois !

ANGE

Coucou les filles, ça va ? Je rangeais le bordel que Siddarta a mis dans ma chambre…

SAND

Saleté de mioche !

ANGE

Pour le bordel, je l'ai un peu aidé… Il a eu une grosse boîte de Lego à Noël et on a monté son truc tous les deux. C'était marrant.

SOL

Il faut que je vous dise, on est allées à l'hôpital. Ma mère a vu le professeur Dentèle. Ange, tu remercieras ta mère de nous avoir aidées.

ANGE

C'est normal. Et alors, il dit quoi ?

SOL

Alors, elle a ses chances. Il veut faire des examens complémentaires avant de lancer le traitement.

SAND

Elle a ses chances ! Mais c'est horrible de dire un truc pareil…

SOL

Oh Sand, tu ne vas pas t'y mettre toi aussi ! Tout le monde dramatise autour de moi…

SAND

Mais, c'est normal, ma couz ! Lâche tes poneys roses !

Atterris pour de vrai ! Ta mère est VRAIMENT malade. D'ailleurs, la mienne, qui ne veut jamais bouger de peur que ses betteraves chopent un rhume, vient de m'annoncer qu'on passera le Nouvel An à Paris pour qu'elle voie sa sœur. C'est te dire si elle flippe !

SOL

Trop génial ! On va pouvoir se papouiller !

SAND

À mon avis, si on reste plus d'une nuit à Paris, les betteraves risquent d'attraper la grippe. Donc, nos retrouvailles seront brèves… et intenses !!! Je nous vois d'ici, au restau, coincées entre les parents, avec la danse des canards à minuit et les confettis dans la bûche, beurk…

SOL

Oh là là, Sand, pourquoi tu vois toujours ce qui est moche ? Moi, je suis super contente à l'idée qu'on se voie.

SAND

Mais moi tout autant ! Et sinon, Ange, tu as des nouvelles de Mar ?

ANGE

Nada

SOL

Peut-être qu'elle a des choses bien plus intéressantes à faire… En tout cas, elle m'a bien laissée tomber à l'atterrissage.

SAND

Elle nous laisse toutes choir comme des vieilles chaussettes chlingueuses !

ANGE

Mettez-vous à sa place, si son père est déprimé, c'est normal qu'elle reste avec lui.

SOL

Ange, t'es vraiment naïve des fois… C'est surtout parce qu'il y a Nigel, qu'elle est allée à Londres ! On parie ?

SAND

Vous croyez que le manège va repartir pour un tour ? Même si ça lui ramollit un peu le cerveau à notre Mar, ça lui ferait peut-être du bien de penser à Nigel plutôt qu'au divorce de ses vieux. Qu'est-ce que vous en dites ?

SOL

Ah, on oublie tout dans les bras d'un garçon…

ANGE

Je peux vous affirmer que Nigel est le cadet de ses soucis. C'est sa famille qui la préoccupe.

SOL

Arrête un peu de faire la sainte-nitouche, Ange…

ANGE

Sol, pourquoi tu me parles comme si j'avais onze ans ?

SAND

Ça alors, l'Ange s'énerve ! Je ne t'ai jamais vue en colère ! Tu ne veux pas envoyer un selfie ?

ANGE

Trop drôle, Sand. Oui, j'avoue que ça me gêne d'être sur le réseau, à parler de Mar quand elle n'est pas là. Je ne trouve pas ça très loyal.

SOL

« Loyal » ! Parfois, tu as une façon de lâcher des grands mots, ça me fait rire !

ANGE

C'est déjà ça. Bye.

Carnet d'Angela
Lundi 29 décembre

Salut Tristan,

J'ai bien pleuré et maintenant ça va mieux. Je suis capable de te raconter calmement. J'ai débarqué sur le réseau sans armure, toute contente de retrouver mes amies et prête à raconter mon Noël : le beau dessin que m'a offert Siddarta, le porte-bijoux en capsules de Coca que m'a fabriqué Youssouf. La super encyclopédie de la photo offerte par Xavier, plus la collection complète des films de Jacques Demy par maman. Thésée ne m'a rien offert, mais il m'a fait une grosse bise, en me disant : « Noyeux Joël, Sista », ce qui est énorme venant de lui. C'était mon premier Noël en famille. En me couchant, j'avais pensé aux Inséparables et je m'étais dit : « Ça y est, Angela, tu es une fille normale. Tu as autre chose qu'une maman qui te sert de soleil et d'étoile. Tu as une vraie famille et une vraie bande d'amies. »

Sauf que, quand Mar n'est pas là, je n'existe pas. Les cousines échangent les balles tranquillement pendant que je me tords le cou pour suivre la partie. Ça, c'est la version soft. Plus hard, il y a Angela dans le rôle du punching-ball : naïve, bonne élève, raisonnable, sainte-nitouche, bébé… Pif, paf, poum, tiens prends ça, l'Ange. Oh, mais elle proteste, bébé-Ange, elle couine, elle se plaint… Ben, si on lui en collait une autre, histoire qu'elle apprenne à se tenir…

Je n'en peux plus de me taire, Tristan. Marre d'être naïve, gentille, raisonnable. Tout ça à cause d'un secret pourri qui m'empoisonne la vie. Alors je vais bientôt parler. Je ne sais pas encore comment. Mais de toute façon, ça va faire mal. Tant pis.

> Lundi 29 décembre, 23h40
> De: S@nd
> À: @nge
> Objet: fucking Nouvel An

Coucou petit Nange,

Je t'ai sentie un peu seulette, alors je viens te faire des papouilles. Faut pas t'imaginer qu'on ne t'aime plus ou qu'on t'a lâchée pour le fucking Nouvel An. Sol, c'est quasi ma cousine jumelle vu qu'on est nées à deux jours d'écart. Alors, avec la maladie de sa mère, c'est le côté famille qui prend le dessus, tu comprends ? Si tu écoutes Sol, tu as l'impression que tout va bien, que c'est juste ma tata Régine qui exagère. Mais quand ma mère parle de sa sœur, je te jure que je tremble d'angoisse… L'autre jour, je l'ai entendue dire à mon père qu'ils pourraient adopter Sol, si jamais Régine mourait, vu que son père n'assure pas une cacahuète. Tu imagines comme ça fait froid dans le dos !

Tout ça pour que tu comprennes un peu mieux ce

qui se passe… et que tu te fasses pas des idées.

Sand

Mardi 30 décembre, 10 h 08
De : @nge
À : S@nd
Objet : re : fucking Nouvel An

Quel beau cadeau ce message de ma princesse punk ! Il est tombé à un moment où je me sentais vraiment seulette et même vraiment très, très mal. Sand, il faut que je te parle d'un truc que je n'arrive pas à avaler. Un truc qui m'étouffe, qui m'empoisonne depuis cet été. Une espèce de secret dégueulasse que j'aurais bien aimé enfouir, mais je n'y arrive pas. Je t'en parle parce que ça concerne Mar, Sol et Nigel et que je ne vois pas à qui d'autre me confier. Je sais que ça va te faire mal, mais entre amies, la sincérité, c'est sacré non ? Bref je me dis qu'on doit pouvoir tout partager et s'aider.

Tu sais, à chaque fois que Mar parle de son chéri, je revois une scène au ralenti : c'était un soir vers la fin juillet, tout le monde était au bal, en train de danser et de s'éclater. Moi, à un moment, j'ai eu envie d'être seule, de regarder les étoiles. Je me suis éloignée vers la plage et qui j'ai vu juste derrière un camion, cachés dans l'ombre ? Sol et Nigel en train de s'embrasser. Je crois bien que Sol a ouvert les yeux et m'a vue. Mais bon, il faisait sombre et je n'en suis pas sûre. C'était tellement un choc que je suis restée un bon moment sur la plage à me calmer en écoutant les vagues. Quand je suis revenue, je m'attendais à vivre une catastrophe. J'imaginais Mar en larmes, l'explosion des Inséparables, l'Anglais déchiqueté, toi, au milieu en train de séparer ta cousine et ton amie. Mais, non, rien de tout ça. Sol et toi, vous étiez en train de délirer au milieu de la piste sur le dernier tube de Rihanna, tandis que Mar et son Anglais se partageaient une canette, une paille chacun, les yeux dans les yeux. Voilà tu sais tout.

Ange

Mardi 30 décembre, 17 h 37
De: S@nd
À: @nge
Objet: Comprends pas...

Franchement, Ange, je ne comprends pas ton mail... Cette histoire de jour de l'An, on dirait que ça te rend mauvaise. Je t'envoie un message doux-doux pour m'excuser de te laisser, et toi ? Pourquoi tu me parles de ça ? Tu veux quoi ? Que je te dise ce que j'en pense ? Bien sûr que tu as rêvé, Sol n'aurait jamais fait une chose pareille à Mar !

Carnet d'Angela
Mardi 30 décembre

Salut Tristan,

J'ai rêvé ! J'ai inventé ! J'ai imaginé !

J'aurais mieux fait de me taire. Quelle idiote de parler de ça maintenant à Sand ! De me prendre pour la justicière des amours d'été. Je pensais me soulager, je croyais agir comme une amie sincère et Sand m'a renvoyée à ma place. Au moins j'ai compris quelque chose : les Inséparables ont le droit de se chambrer, mais personne n'a le droit d'en attaquer une. Surtout pas moi ! Avec mes angoisses et mes grandes questions, je suis qui ? Une Inséparable ou personne ? Je me sens encore plus seule qu'avant de les connaître. Tellement seule que je suis prête à dire « oui-oui, Sand, tu as raison ». Et en même temps, je me sens lâche et faible, parce que je sais que je n'ai pas rêvé.

Je me déteste.

Je les déteste.

Je te déteste.

Mardi 30 décembre, 19h45
De: @nge
À: S@nd
Objet: Secret pourri

Coucou Sand,

J'espère que tu auras ce message avant de partir à Paris rejoindre Sol. Amusez-vous bien, profitez-en. Je suis désolée si je t'ai embêtée avec mes secrets. Tu as sans doute raison, j'ai peut-être rêvé…

Je t'embrasse. Fais-moi signe dès que tu peux.

Ange

Carnet d'Angela
Mercredi 31 décembre

Salut Tristan,

Maman et Xavier sont partis faire des courses pour le Nouvel An. J'ai passé le dernier après-midi de l'année seule à la maison avec Siméon. Et je vais passer la soirée à tenir la chandelle entre ma mère et son chéri. Ou alors en tête-à-tête avec toi. J'ai le choix entre un couple de quadras roucoulants ou un mort, waouh ! Je me demande avec qui ça va être le plus fun ?

Je ne suis pas normale. Personne au lycée ne m'a proposé de fête. Je suis un genre de pestiférée. J'avais des amies et j'ai réussi à me les mettre à dos. Je ne suis pas normale. Pas normale. Parfois je me demande ce qu'elles racontent sur moi, quand elles sont entre elles. Je les connais finalement si mal. Sol qui n'hésite pas à embrasser le chéri de son amie ? Sand qui tire à vue dès qu'on lui effleure le bout des orteils ? Quoi, j'exagère ? Ah bon, je suis parano ? Pourtant ce ne serait pas la première fois qu'on me trahit. Tu étais là, toi, après ta mort, quand j'étais assise toute seule dans la cour, complètement dans les vapes, sous la fenêtre du CDI et que j'ai entendu deux filles de la classe, que je croyais être de bonnes copines, en train de parler de moi ? Est-ce que tu étais là pour leur couper le sifflet, leur hurler de se taire parce qu'elles n'avaient rien compris ? Est-ce que tu étais là pour me consoler, me rassurer pendant les nuits où leurs voix tournaient dans ma tête jusqu'à me donner envie de vomir ?

« Une belle salope, Angela, sous ses petits airs innocents. Elle l'a poussé à bout, c'est sa faute, il était fou amoureux d'elle. Elle se la joue fille parfaite, elle se croit supérieure, mais en vrai c'est une pure vipère. »

Maman dit qu'on ne doit pas oublier les morts, mais qu'il faut d'abord s'occuper des vivants. Moi, je n'arrive pas à te lâcher et quand je m'occupe des vivants, je fais tout foirer. On dirait que depuis que tu es mort, au lieu de m'aider, tu m'empoisonnes la vie. Merci à toi cher Tristan et bonne année, hein !

JustFriends. Groupe Les Parasols de Cherbourg. Vendredi 2 janvier, 22h26

SAND

Un petit pois anglais qui surgit dans la nuit. Hey ! Marounette, back from London !

ANGE

A green pea !!! Super !

MAR

Bonjour les filles ! Elle est par là Sol, qu'on soit au complément ?

SAND

Ben non. Elle est restée à Paris, avec sa maman. Et de toute façon, elle ne veut plus te parler !

MAR

Rhooo, parce que je l'ai laissée échouer à l'aéroport ?

SAND

Tout juste, Auguste !

MAR

Bah, ça lui passera… Sol, elle n'a pas la dent coriace.

SAND

Sache que le preux chevalier Ange a pris ta défense face au dragon des îles.

MAR

Merci, Ange !

SAND

Bon, tu nous racontes ? Londres ?

ANGE

Oui ! Raconte !

MAR

Ben rien de cardiaque… On a visité des musées, on s'est baladés dans plein de quartiers, j'ai fait du shopping avec ma sœur et mon papa a retrouvé un peu le sourire.

SAND

Et puis ?

MAR

On a fait les gourdes face au bobby devant l'hôtel…

SAND

C'est qui, ce bobby ?

MAR

Les bobbies sont des flics, Sand !

SAND

Ah oui, ceux qui ont de la moquette sur la tête et l'air d'avoir avalé leur sabre.

MAR

Ah non, ça c'est la garde royale. Eux, on leur fait des gribouilles, on leur tire la langue, tout ça… C'est un peu l'obligation quand tu viens à Londres.

SAND

Tu n'as pas honte de faire la touriste de base ?

MAR

Non.

SAND

Quoi d'autre ?

MAR

On a mangé des fish and chips, du poulet au curry et du pudding. Ah et puis on a aussi croisé une copine de lycée d'Hermine dans le métro, c'est dingue, non ?

SAND

Ooooh, mais c'est formidable, tout ça !!!! Et la reine, tu l'as croisée ou pas ???? Sans rire, Mar, c'est tout ce que tu as à nous raconter ? Il n'y avait pas un garçon que tu rêvais de retrouver, là-bas ? Un garçon avec les yeux bleus et les cheveux en pétard ?

MAR

Je ne vois pas de qui tu parles.

SAND

N. I. G E. L. Ça te dit quelque chose ?

MAR
Ah, lui ! Oui, on s'est vus deux fois.

ANGE
Ah bon ?

MAR
C'est à cause d'Hermine. Quand on est arrivés à Londres, elle a décrypté qu'il fallait absolument que j'appelle Nigel pour lui dire que j'étais là.

SAND
Et ?????

MAR
Il avait l'air content. La première fois, il m'avait donné rendez-vous à côté d'un musée, je ne sais même plus lequel, tellement on en a peuplé. J'ai demandé à Hermine de venir avec moi pendant que papa faisait une roupille à l'hôtel.

SAND
Tu es sérieuse ? Tu es allée à un rendez-vous d'amour avec ta grande sœur ? Tu avais pris un carrosse au moins ?

MAR
OK, merci, je sais que c'est débile, mais je ne me sentais pas sécurisée à Londres toute seule. Et puis le métro est hyper grand, je vous assure.

SAND
Je n'y crois pas ! Et Hermine est restée ? Je l'imagine vous surveillant du coin de l'œil, avec son air pincé.

MAR
Tu sais quoi, Sand ? Cet été, en dehors des deux premiers jours des vacances, Nigel et moi, on n'a quasiment

jamais été tout seuls. À peine le temps de faire contact et ensuite, à chaque fois, vous étiez là, à deux mètres de nos serviettes de plage ou à la table d'à côté…

SAND

Ça n'avait pas trop l'air de vous gêner !

ANGE

Allez continue, ça s'est passé comment le rendez-vous ?

MAR

On s'est retrouvés et on est allés dans un moche pub.

ANGE

Tu as ressenti quoi quand tu l'as vu ?

SAND

Tu es toujours amoureuse ? Cet été, tu disais que chaque fois que son regard croisait le tien t'avais l'impression d'être Miss Univers. Tu étais tellement belle quand tu as dit ça que Sol a failli pleurer…

MAR

Je sais ce que tu vas dire, Sand : que, si on ne rit pas de son love-love-kiss-kiss-snif-snif, on est foutue. Mais là, j'ai un gros cafard noir qui pue qui colle et je n'ai pas envie de jouer.

ANGE

Ça te ferait du bien de raconter, non ?

SAND

C'est vrai, d'habitude tu en fais des tonnes. Il s'est passé quoi ? Vous vous êtes fait un bisou au moins ?

MAR

Un, deux, trois bisous ? Non, on s'est fripé la main.

SAND
Sérieux ? Serré la main ? Dans mon souvenir, vous étiez plus chauds que ça…

MAR
Mais non, on s'est fait la bise, point final. On a bu un coup, on a papoté, enfin, c'est surtout Hermine qui a papoté avec lui, parce que moi, je n'arrivais pas à saliver un mot. Et puis il nous a invitées à une fête de Nouvel An chez un de ses potes…

SAND
Génial ! Et vous y êtes allées ?

MAR
Ben oui.

ANGE
Et ton père ? Il est venu avec vous ?

MAR
Bien sûr que non ! Ce soir-là, il avait la migraine et il ne voulait pas sortir…

SAND
Délire ! Tu as été à une fête de Nouvel An à Londres ! La classe ! T'as mis quoi ?

MAR
Un tee-shirt en soie rouge que je venais juste de shopper dans Soho, un jean blanc et mon énorme doudoune qui me fait une grâce de mammouthesse.

ANGE
Et la soirée, c'était comment ?

MAR
Hyper loin, genre grande banlieue. En vrai, c'était

une fête de lycéens dans un garage avec la zique à fond. Hermine et moi, on a fait décor pendant un moment. Nigel passait à côté de nous de temps en temps et il nous faisait « Hi ! » en levant la main.

ANGE

Hein ? Il t'invite à une fête et il ne s'occupe pas de toi ? Gros lourdaud !

SAND

Mais ce n'est pas le même Nigel ! Tu es sûre que tu ne t'es pas trompée d'Angliche ?

MAR

J'avoue que c'était râpeux… Je ne savais pas où me mettre. Bien sûr Hermine a commencé à danser. Elle réussirait à se faire des potes même à un mariage de kangourous. Moi, j'étais toute seule à reluquer les posters de groupes de rock sur les murs. Finalement je suis allée voir Nigel et je lui ai expliqué que j'aimerais lui parler un petit moment museau à museau. Il a dit « OK » et on est sortis. Dehors il faisait – 40, le vent trompettait et…

SAND

Mar, ça dure des heures, abrège !

MAR

Faudrait savoir. Soit je suis trop mini, soit je suis maxi…

SAND

Donc…

MAR

Les filles, rien que d'y penser j'ai envie de me ratatiner

en boule. Là, je ne sais pas ce qui m'a pris, mais je lui ai dit tout ce que j'avais sur le cœur : que je l'aimais beaucoup, que je pensais super souvent à lui, que j'étais sinistrée qu'on ne se skype plus, qu'à Cherbourg il était super gentil et baba au rhum et plein d'humour et que, là, il n'était pas pareil…

SAND

Tu as drôlement progressé en anglais, dis donc !

MAR

Pas du tout ! J'ai parlé en français, à toute vitesse, et à la fin j'ai éclaté en sanglots !

ANGE

Nigel, il a dit quoi ?

MAR

Il a haussé les épaules, il a dit « Je comprends pas vous. You are crazy ! » et il est retourné dans le garage.

SAND

Oh pauvre Mar, t'as dû passer une super naze soirée…

MAR

Surtout qu'Hermine s'amusait, donc pas question de rentrer. Et qu'après, à quatre heures du matin, dans la banlieue londonienne trop gla-glamour, on a galéré, mais galéré pour trouver un taxi…

SAND

Pourquoi est-ce qu'on est abonnées aux soirées de Nouvel An pourries ?

MAR

Et vous, Nouvel An ? Ange, tu as fait quoi ?

ANGE

Rien. Maison. Et alors Sand, les retrouvailles parisiennes des deux cousines ?

MAR

Quoi ? Vous vous êtes retrouvées à Paris ? Et vous ne vous êtes pas co de tout le temps où j'étais à Londres ? Mais alors… BONNE ANNÉE !

SAND

Bonne année !

ANGE

Tout pareil..

MAR

C'est trop avarié que Sol ne soit pas là ! C'était comment, alors ?

SAND

Nouvel An familial. Comme prévu : petites larmes et olives vertes à l'apéro. Sauf qu'après le trou normand, Sol et moi on a réussi à s'échapper un peu de l'horrible crêperie où les parents avaient décidé de passer la nuit. Et cette folle de Sol m'a traînée au cimetière Montparnasse. Devinez quoi ? On a escaladé les murs pour parler aux morts !

MAR

Et alors ? Vous vous êtes fait de nouveaux amis ?

SAND

Of course ! On a dansé sur les tombes avec des squelettes et des zombies en cravate.

MAR

Ah, waouh ! Et le DJ, c'était Michael Jackson ?

SAND
Sans rire, il y avait un monde fou !

ANGE
Des fantômes ?

SAND
Non, des gens comme nous, qui venaient boire le champagne assis sur des tombes.

MAR
C'est incroyable le nombre de fêlés qu'il y a sur la Terre, non ?

ANGE
« J'aime bien les fêlés, ils laissent passer la lumière. » J'ai entendu ça dans un vieux film l'autre jour.

MAR
Oh, oh ! Je me la garde celle-là. Elle sonne à mon cœur de bouée transpercée. Bises mes chéries, on se reco avant la fin des vacances ?

> Samedi 3 janvier, 0h04
> De: M@r
> À: @nge
> Objet: Soirée ratée, année piratée!

Salut mon Ange mordoré,

Tu dors ? Moi, je n'y arrive pas…

Tu n'as rien dit de ta soirée de Nouvel An maison. J'espère que tu n'étais pas trop chagrine d'être toute squelette. J'avais envie de te parler de mon voyage à

Londres. J'ai l'impression d'avoir fait une big connerie. Tu me diras si tu veux bien écouter mes confitures… ça risque d'être long !

Mar

Samedi 3 janvier, 0h07
De : @nge
À : M@r
Objet : Champagne tout vomi, joie dans ta vie ?

Non, je ne dors pas. C'est vrai que ce jour de l'An ensemble, j'en ai rêvé. Mais rassure-toi, je ne t'en veux pas trop, un voyage à Londres, ça ne se refuse pas, non ? Je suis restée avec ma mère, Xavier et Thésée aussi un peu, c'était sympa. J'ai bu du champagne, j'ai ri, j'ai vomi… Trop classe, non ?

Tu sais à quoi je pense ? J'adorerais discuter avec toi en tête-à-tête ! On passe en MP ?

JustFriends. Messages privés.
Samedi 3 janvier, 0h15

MAR
Youloulou ?

ANGE
Aussitôt dit…

MAR

Aussitôt fait !

ANGE

Ça fait du bien de se parler en direct.

MAR

Prête à te répondre du toc-au-truc. Alors comment tu vas ? Tes beaux-frères n'ont pas cassé tous tes cadeaux de Noël ?

ANGE

Non, ça va. L'ambiance Noël en famille, je ne connaissais pas.

MAR

Sapin, guirlandes et vive le vent, ma bichette ! J'aurais pu t'octroyer mes grands-parents pour plus de fun !

ANGE

Mais c'était vraiment sympa, on a tous préparé le dîner avec Xavier pour ma mère qui était de garde jusqu'à 21 h. Dinde au gingembre et citron vert, trop bon ! Après on a chanté des chansons.

MAR

Et pour la bonne année, grand-mère ! Et le Nouvel An ? Tu as vomi ?

ANGE

C'est à cause de Thésée.

MAR

Ton trop beau-frère !

ANGE

Oui. Enfin je ne sais pas ce que vous lui trouvez. Sous ses dehors de séducteur, c'est un voleur de dentifrice. Il n'arrête pas de prendre des trucs dans ma salle de bains.

MAR

Et alors ?

ANGE

Ben, je ne peux plus me brosser les dents !

MAR

Honnêtement Ange, je veux bien croire que c'est pénible de se retrouver pourvue de frères dans tous les coins, mais tu n'en rajoutes pas un peu ?

ANGE

Il est diabolique, il m'a soûlée ! La soirée du jour de l'An, il est repassé par la maison avec un copain à lui pour souhaiter la bonne année et embarquer des bouteilles au passage. Et pendant que maman et Xavier dansaient leur vingt-troisième slow les yeux dans les yeux, il m'a fait boire trois coupes de champagne, coup sur coup.

MAR

Il t'a forcée à boire ? Toi Ange ? Et tu ne t'es pas défendue ?

ANGE

En fait, on rigolait comme des baleines, tellement son copain était marrant. Ça nous a fait du bien à Thésée et à moi. Avant, on était crispés, tous les deux et, depuis, toutes les ondes mauvaises de « tekitoi ? » ont disparu. C'est vraiment tranquille, détendu entre nous.

MAR

Et ce soir-là, ça s'est fini comment ?

ANGE

Euh... Je me suis sentie hyper bien et puis hyper mal, la tête m'a tourné, j'ai eu envie de pleurer, puis de vomir, puis de dormir. Tout ça s'est fini lamentablement : j'ai vomi sur le carrelage de ma super salle de bains toute neuve.

MAR

Je ne sais pas laquelle de nous deux a passé le jour de l'An le plus paillette...

ANGE

On est ex aequo ?

MAR

Ange, je crois que j'ai égaré Nigel, à jamais.

ANGE

Égaré ?

MAR

Tu sais, quand mon père est arrivé tout sourire avec ses billets d'avion, en mode super papa, ça m'a percutée : je pouvais revoir Nigel en vrai ! Illico, mon cœur a enfilé ses running shoes pour battre le record du monde de vitesse.

ANGE

Moi qui pensais que tu t'en foutais...

MAR

Dans l'avion, je me posais trois milliards de questions : est-ce que Nigel allait avoir envie de me voir ? Est-ce que je lui plairais encore ? Est-ce qu'il serait aussi beau que dans mon souvenir ?

ANGE

Mais maintenant c'est fini. Tu vas pouvoir passer à autre chose…

MAR

Ouais, je me suis montée grave le chapiteau et j'ai tout fait foirer.

ANGE

Ne dis pas ça, Marounette ! C'était pas le bon, basta.

MAR

J'avais tellement la pelote que je n'ai pas voulu aller au rendez-vous toute seule. Et une fois là-bas, je ne sentais plus rien d'autre que mon cœur qui faisait boum-boum et mes boyaux tout cascadés. Je ne savais plus quoi faire… C'est moi qui ai évité sa bouche, c'est moi qui ai posé mes fesses à l'autre bout de la banquette. J'ai laissé Hermine blablater à ma place en hypnotisant mon verre et j'ai été totale scotchée quand elle a dit qu'on viendrait peut-être à sa fête de Nouvel An.

ANGE

Quand même, ça en jette d'aller à une fête à Londres !

MAR

Sauf que j'étais métamorphosée en compote à la limace. Quand j'y repense c'est comme un cauchemar, je me souviens tout flou et bizarre.

ANGE

Redresse-toi, Marounette ! S'il avait été vraiment amoureux Nigel, il aurait trouvé un moyen de te rassurer.

MAR

Tu crois ?

ANGE

Bien sûr ! Tu sais maintenant que c'était juste un petit amour d'été.

MAR

Mais c'était bien plus que ça ! Mon premier vrai amoureux !!! Celui qui laisse des vergetures inaltérables sur le cœur des jeunes filles, celui qu'on n'oublie jamais, même quand on a une barbichette, quatorze petits-enfants et une blouse à fleurs… Et toi, tu crois que je vais m'en remettre comme ça, en un coup de castagnettes ?

ANGE

Franchement, Nigel, il était mignon, rigolo et sympa. Mais pas super super malin, non ? Son attitude à Londres, très sincèrement, ça ne m'étonne pas.

MAR

Ah bon ? Quand tu disais que tu le trouvais cool, c'était pour me faire des risettes ?

ANGE

Un peu, oui.

MAR

Et maintenant, quand tu me dis qu'il est con-con, c'est aussi pour me faire des risettes ?

ANGE

Nooon. Là, c'est la vérité.

MAR

Attends, attends, il faut que je réfléchisse cinq minutes…

ANGE

Qu'est-ce que j'ai dit de si bizarre ?

MAR

…

ANGE

Arrête ton cirque, Mar !

MAR

… Ça veut dire que les vraies amies te mentent quand tout va bien pour ne pas que ça aille mal et te disent l'exactitude quand ça va mal pour que ça aille mieux ?

ANGE

Tu sais quoi ? Elle est un peu tordue ta définition. Mais, je l'adopte.

MAR

Moi aussi, je suis tordue ! Tu m'adoptes ? Je me suis autodéclarée « adoptable en urgence et sans conditions ».

ANGE

Toi, je t'adore.

MAR

Ça te dirait qu'on continue nos déclamations d'amour sur réseau ? J'aimerais bien que Sol sorte de sa carapace.

ANGE

Je sais pas. Mar, franchement, je me demande si je dois rester sur le réseau.

MAR

C'est quoi ces sonneries ? Parce que tu t'es pouillée avec Sol ? Les affreuses cousines t'ont fait des misaines ? Tu sais, en ce moment, Sol est un peu bizarre. Quand elles chahutent, faut pas te laisser impressionner !

ANGE

Ce n'est pas que ça…

MAR

Ben quoi alors ?

ANGE

Je ne sais pas, je ne connais pas toutes vos histoires, j'ai l'impression que vous seriez aussi bien sans moi pour discuter.

MAR

Rhooo, le vilain petit canard... Sérieux, Ange, je suis méga-archi-super contente que tu sois là... Tu apportes ta touche inimitable !

ANGE

Mon côté bonne élève et madame la morale ?

MAR

Ton côté bon esprit et enthousiasme !

ANGE

Tu crois ?

MAR

J'en suis sûre ! Je serais trop fripée sans toi ! Et je suis sûre que c'est pareil pour les autres. Tu veux que je le leur demande ?

ANGE

Non surtout pas ! La honte ! Tu sais quoi, je ne sais pas ce qui m'a pris de te dire ça, je me sens débile...

MAR

Moi, je sais : il est presque une heure du matin, et ça fait longtemps qu'Ange s'est transformée en Gremlin pleurnichard.

ANGE

Tu as raison. Gros dodo, Mar.

MAR
À demain, alors ? On a dit qu'on se connectait avant que Sand reparte. N'oublie pas d'être là…

JustFriends. Groupe Les Parasols de Cherbourg. Samedi 3 janvier, 14 h 02

SAND
Ange ? Mar ? Vous êtes visibles ou bien sous bigoudis ? Devinez qui est dans ma maison ? C'est ma couz chérie. Elle m'a dit de vous embrasser bien fort !

MAR
Sol ? Qu'est-ce qu'elle fait chez toi ? Elle ne devait pas décoller aujourd'hui ?

SAND
Elle est là avec ma tante.

ANGE
Comment vont-elles ? Des nouvelles ?

SAND.
Les résultats sont arrivés hier. Ce n'est pas terrible. En tout cas elles sont clouées en métropole un certain temps.

MAR
Elles sont clouées ???? Sol doit être furieusement furax !

SAND
Même pas. Et en plus, elle va habiter chez moi et elle ira à Paris les week-ends pour voir sa mère.

ANGE
Mais comment elle va faire pour le lycée ?

SAND

Pour l'instant, cours par correspondance.

MAR

Et comment elle va ?

SAND

Solinette ? Impec ! Elle va vous raconter elle-même, elle vient d'entrer dans la chambre. Elle s'assied devant son portable, elle se co et…

SOL

Coucou ! Me voilà.

ANGE

Coucou. Ça va ? Pas trop dépitée de rester ?

SOL

Bah, c'est cool ici. J'adore les parents de Sand, ils sont trop mignons. Et puis je suis contente d'avoir un lit pour moi toute seule avec vue sur les champs et la forêt, un paysage apaisant…

MAR

Alors, ton île, ta vie, ton lycée, ton Vince, tout ça, tu t'en fous ?

SOL

Ça ne me fera pas de mal de m'éloigner un peu. J'ai besoin de réfléchir.

MAR

Toi, réfléchir ? Sol, tu as pris ta température ce matin ?

SOL

Avec ce qui se passe, j'ai besoin de me concentrer sur l'essentiel.

SAND
En tout cas, si vous voulez vous co pendant que je suis à l'internat, je ne vais pas en faire un fromage. Vu l'état de solitude de ma couz…

SOL
C'est marrant de se co et de se voir en vrai au même moment. Par exemple, vous saviez que Sand, elle sort la langue quand elle nous écrit ? Ça veut dire quoi, à votre avis ?

MAR
Qu'elle a soif !

ANGE
Qu'elle nous aime tellement, qu'elle a envie de nous faire pleins de bisous.

SAND
C'est ça ! J'avoue, je rêve de vous léchouiller les oreilles !.

SOL
Sans moi ! Bye, les filles.

SAND
Merde, je n'ai pas encore récupéré mes fringues dans le séchoir à linge. Opération valise en urgence lancée !

MAR
À très vite !

JustFriends. Messages privés.
Dimanche 4 janvier, 17 h 42

SAND
Salut Ange, salut Mar, vous êtes par là ?

ANGE
Mais oui ! Et toi ? Tu n'es pas en route pour l'internat ?

MAR
Qu'est-ce que tu fous ? Tu as déjà fugué ?

SAND
Pas du tout ! Je viens de me taper mes trois heures de train et j'attends dans un cybercafé avant mes deux heures de car.

ANGE
Oh purée, c'est long !

SAND
Tu l'as dit !!!! Et j'ai la chance de voyager avec une tripotée de militaires. Vous voyez l'ambiance ?

ANGE
Cheveux courts ?

MAR
Bière chaude ?

SAND
Ambiance virile, yep !

MAR
C'est dans longtemps ton car ?

SAND
Vingt minutes, ça me laisse le temps de vous parler de Sol.

MAR

T'inquiète, on va lui gravir le moral à ta cousine chérie !

ANGE

Elle déprime ?

SAND

Non, pas du tout ! Elle a ses anges qui lui parlent. Elle a la super pêche !

MAR

?????

SAND

Elle fait comme si tout allait bien ! À l'entendre, tu ne t'imagines pas une seconde que sa mère risque de mourir. Ma maman à moi pleure comme une fontaine, mon père serre les dents, Régine réfléchit du fond des profondeurs d'elle-même et Sol, eh bien, ce n'est plus la même. Je ne la reconnais plus, je vous jure. Elle me fait peur.

ANGE

Et cette histoire d'anges ?

SAND

Le coup du cimetière de Montparnasse, ça m'avait déjà fait un peu flipper. Mais quand elle est arrivée ici, j'ai senti de l'étrange dans l'air. Vous voyez Sol, belle à croquer, toujours pimpante, maquillage léger, bien sapée et toujours des petites babioles accrochées aux oreilles ?

MAR

Notre Sol qui brille et qui scintille-tille-tille.

ANGE

… avec ses bracelets de cheville.

SAND

Sol, la star. Coquette, mais pas fashion-victim…

MAR

C'est bon, on la bigle et alors ?

SAND

Vous allez tout de suite comprendre : cheveux attachés.

MAR

Ah !

SAND

Pull gris fadasse qui peluche…

ANGE

Non ?

SAND

Pas un bijou !

MAR

Sérieux ?

SAND

Et ce n'est pas tout, elle est barrée dans un truc dément. Pendant que les parents discutent résultats d'examens, opération à haut risque, déclaration à la Sécurité sociale, Sol m'explique en souriant bizarre qu'il ne faut pas s'en faire car les anges veillent sur elle et sa mère…

ANGE

Les anges ?

MAR

Plus qu'étrange, les anges…

SAND

Elle a eu une sorte de révélation et apparemment, elle voit des angelots partout. Ou des fantômes. Je vous rassure, moi, je ne « vois » rien ! Et la touche ultime : hier, elle a voulu qu'on aille à l'église. Elle avait besoin de prier. Vous imaginez ???

ANGE

Euh, pas trop.

MAR

Y a un truc qui m'effrite. Elle sait comment on fait pour prier, Sol ?

SAND

Eh bien je vous peins le tableau : Sol à genoux toujours dans son pull gris moche, les mains jointes et les yeux fermés avec une espèce de sourire de Sainte Vierge impénétrable. Elle me fait peur !

ANGE

Ça la réconforte sans doute de prier…

SAND

Attends, Sol, elle a été élevée au milieu des statues de Bouddha, mais elle n'a jamais cru à rien. Et, là, elle se fait une totale crise mystique d'un coup. Elle parle avec les anges qui lui chatouillent les pieds dans son sommeil…

ANGE

Oui, c'est sûr, ça doit faire drôle.

SAND

Carrément. Surtout qu'elle n'est pas drôle du tout. C'est ça qui est archi bizarre : elle sourit tout le temps, elle se marre pour un rien, avec un air inspiré, mais je vous jure, son rire me fait flipper.

ANGE
Tu as l'air toute remuée.

SAND
Ça m'angoisse de la laisser toute seule, il faut que vous alliez discuter avec elle sur le réseau.

MAR
Pas de souci, ma Sandinette.

SAND
Je compte sur vous pour veiller sur elle.

ANGE
Tu peux !

JustFriends. Groupe Les Parasols de Cherbourg. Lundi 5 janvier, 20 h 10

MAR
Ho ?

ANGE
Hohé ?

MAR
Pas de petit pois allumé dans la ferme aux betteraves ?

ANGE
Non, Sol n'a pas l'air connectée.

MAR
Ça va le lycée, Ange ? Yap boum, pleins d'amis ?

ANGE

Oui, oui, il y a une nouvelle dans ma classe, Alix. Je l'aime bien. On est un peu timides toutes les deux, mais on s'entend bien.

MAR

Damned une rivale ?

ANGE

Bien sûr que non ! Et toi ? Tu ne parles pas souvent du lycée.

MAR

Non, mais je devrais, plutôt que de pleurnicher sur mon amour raplati ! Rien à voir avec l'ambiance constipée de mon ancien collège. Il y a même une petite bande dans ma classe bien cool.

ANGE

Dont tu fais partie ?

MAR

Ouais plus ou moins… Aujourd'hui, on s'est bien marrés, mais il y a toujours des moments où les gens me prennent pour une folle ! Spécialement, quand je mets un mot de travers dans une conversation. En général, je ne m'en rends pas compte, c'est dans le regard des gens que je vois une onde de panique. Alors là, je me dis : « Mar, t'as encore craqué une occasion de te taire. » Et je me mets à rire, le rire le plus stupide du monde pour faire genre auto-humour de divagation. À ce moment de la conversation, les gens sourient s'ils sont polis, et sinon ils s'évaporent de mon panorama !

ANGE

C'est ce qui fait ton charme, non ? Ton rire de cheval, tes mots de travers, tes dents de la chance, tes doigts de pied hyper longs…

MAR

Tu es une vraie méduse quand tu t'y mets !

ANGE

Toujours pas de Sol…

MAR

Peut-être qu'elle est retourné prier.

ANGE

Hum…

MAR

Alléluia, maman m'appelle à la cérémonie officielle du dîner cramé.

ANGE

Bon appétit !

MAR

Toi aussi !

ANGE

Sauf que Xavier est un top cuisinier !

MAR

Ta mère a trouvé l'homme parfait, dis donc. Il n'aurait pas un pote prêt à faire le beau-père de secours ? Ma mère a l'air tellement mal tartinée en ce moment… Bon. Bises et bisous.

ANGE

Bisousou.

Mardi 6 janvier, 22h12
De: S@nd
À: M@r, @nge
Objet: Sol

Coucou,
Des nouvelles de Sol ? Vous lui avez parlé ?
Bisous,
Sand

Mercredi 7 janvier, 14h38
De: M@r
À: @nge, S@nd
Objet: re: Sol

Saluti mes beautés,

Sol n'a pas donné signe de vie depuis trois jours, ce n'est pas aux normes. Je lui ai envoyé un mail. Mais comme sa mère devait rester un peu à la ferme, peut-être qu'elles profitent juste d'être ensemble… À moins que Sol n'ait été prise en otage par des angelots furax alors qu'elle priait à l'église. Ou alors elle a décidé de retourner en Martinique et elle pagaille actuellement l'océan Atlantique sur la table de la cuisine des parents de Sand.

Je n'en sais pas plus !

Biz,
Mar

Mercredi 7 janvier, 18h40
De: @nge
À: M@r, S@nd
Objet: re: re: Sol

Mar, tu es dingue dingue dingue, mais je t'adore! Personnellement, je pencherais plutôt pour l'enlèvement par des anges en colère! Ça me semble le plus crédible!

Promis, Sand, on te tient au courant. Bises,

Ange

JustFriends. Groupe Les Parasols de Cherbourg. Jeudi 8 janvier, 19h04

SOL

Coucou Mar et Ange! Comment va la vie?

MAR

Impec! Mais toi, ça fait au moins six mois que tu ne nous as pas donné de dépêches?

ANGE

Comment tu vas? On s'inquiétait un peu pour toi.

SOL

Oh, les mignonnes! Moi, je suis bien, très bien. Les parents de Sand sont choux mignons, aux petits soins. Je me lève avec le soleil, je me couche avec le soleil. Entre-temps, ma couz m'envoie plein de petits mails sympas. Mais je ne me connecte pas souvent sur l'ordi.

J'ai surtout envie d'être dans la nature, connectée avec les éléments et mon moi profond.

MAR

Tu dois te croûter de solitude au milieu des champs !

SOL

Non. De toute façon, je n'ai envie de voir personne. Et puis je ne suis pas seule.

MAR

Ah oui, y a ton toi du tréfonds… Et ta maman ?

SOL

Ça va. Elle est confiante. Elle dit que les gens de l'hôpital sont géniaux. Et, moi, de mon côté, je fais ce qu'il faut pour qu'elle guérisse…

MAR

Tu fais quoi, si c'est pas indissoluble ?

SOL

Je prie.

ANGE

Tu pries ?

SOL

Oui. Je sais que ça peut paraître bizarre, mais je vous jure que ça me fait un bien fou.

MAR

Et tu pries qui-quoi-comment-où ?

SOL

Et « pour quoi », aussi non ? Je prie les êtres de lumière qui veillent sur moi et sur ceux que j'aime. J'ai un canal de transmission spécial, mais pour l'instant je ne peux pas vous en dire plus…

MAR
T'es sérieuse ?

SOL
Ben oui.

MAR
Sol, t'as abusé de la betterave crue ou bien ? C'est n'importe quoi, ce que tu racontes…

SOL
Tu penses ce que tu veux, mais moi, je prie pour toi, car je sais que la période que tu traverses n'est pas facile, que tu as du mal à te sentir reliée à la force universelle de la vie.

MAR
Là, c'est surtout toi que j'ai du mal à sentir…

SOL
Écoute, Mar. Mes voix me disent que tu ne dois pas t'inquiéter, que tout va aller bien pour toi… Aie confiance.

MAR
C'est gentil, merci beaucoup, mesdames les voix… Elles te parlent alors ?

SOL
Et qu'est-ce que tu veux que fassent des voix, à part parler ? Elles m'ont dit que, pour ma maman, ce n'est pas grave, c'est juste un problème d'énergie subtile qu'il faut régler au plus vite.

ANGE
T'en as parlé à ta mère de cette énergie subtile ?

SOL

Non. Rien qu'à vous deux. Et aussi à Sand, mais ça la dépasse, elle est incapable d'utiliser son potentiel.

MAR

Dis, tu devrais peut-être en notifier ta mère ?

SOL

Les anges m'ont dit que maman doit faire son chemin à elle.

MAR

Mais ce sont de anges ou des voix ?

SOL

On s'en fout, Mar ! Le problème n'est pas là. J'entends qu'on me parle à l'intérieur, c'est tout ce qu'il y a à comprendre.

MAR

Et les anges/voix t'ont dit quoi d'autre ?

SOL

D'après ce que j'ai compris, maman a mal agi dans une vie précédente et elle est en train de le payer. Elle est obligée d'en passer par là…

MAR

C'est les voix, là, qui t'ont raconté tout ça ? Elles sont langues de pubère, un peu non ?

SOL

Mar, je vois bien que tu es sceptique et ça me fatigue. Si tu n'y crois pas, tant pis pour toi. Moi, je sais de quoi je parle, je sais ce que je sens et ce que j'entends. Et j'obéis…

MAR
Tu obéis à qui ? Aux voix ?

SOL
Tout juste. Bisous. Je vous aime.

Jeudi 8 janvier, 20h13
De: M@r
À: S@nd, @nge
Objet: voix pas nettes

Les chéries,

Sand, t'avais bien raison. Elle déteint très bizarre, Solinette. C'est pas ses tatas tofu qui l'ont envoûtée une nuit de pleine lune ? Je ne comprends pas ce qu'elle fabrique avec ses trucs. Elle a l'air d'y croire à 100 % et en plus elle leur obéit ! C'est quoi d'abord ces voix ? Des sectes cannibales qui se matérialisent en hologrammes sonores ? Je m'inquiète. La seule que je connais qui entendait des voix, elle a fini carbonisée sur une place de marché.

Oui, j'ai peur pour Sol. Je la préférais au pays des poneys fuchsia à voir la vie couleur zen. Là, je trouve qu'elle va galactiquement loin. Vous dites quoi ? On fait quoi ? Il faut envoyer les sirènes ?

À plus,

Mar

Jeudi 8 janvier, 21h22
De: S@nd
À: M@r, @nge
Objet: re: voix pas nettes

C'est de plus en plus sportif pour choper un ordi connecté ici. Les terminales les réservent soi-disant pour préparer le bac blanc ! Après avoir lu ton mail, Mar, j'ai téléphoné vite fait à ma mère pour en savoir plus. Je n'ai rien dit sur les voix et sur Jeanne d'Arc, j'ai juste tâté le terrain. Ma mère m'a dit de ne pas m'inquiéter, que Sol va très bien, qu'elle est très calme. Si je leur en dis plus, j'ai peur qu'ils se mettent à flipper. Je les connais. Dès qu'on a le nez qui coule, ils voient pointer la tuberculose… Un peu comme toi, Mar… Sauf que cette fois-ci, je suis d'accord avec toi et je ne sais pas bien quoi faire. On verra si ça s'arrange, mais sinon il faudra peut-être en parler à un adulte, non ? Ta mère, Ange ? Quand j'ai fait ma fugue au printemps dernier, elle m'a parlé comme aucun adulte ne l'avait jamais fait…

Dès que je peux me co, je vous fais signe.

Bises,

Sand

Vendredi 9 janvier, 17h50
De: @nge
À: M@r, S@nd
Objet: re: re: voix pas nettes

Salut les filles,

Je ne sais pas quoi dire. Je pense que Sol traverse une période difficile, mais ce n'est pas parce qu'elle communique avec des esprits ou des êtres invisibles qu'elle est folle. Bref, il ne faut peut-être pas trop t'inquiéter, Sand, et je n'ai pas trop envie de mêler ma mère à ça pour l'instant… On attend et on surveille ?

Mille bisous,

Ange

JustFriends. Groupe Les Parasols de Cherbourg. Samedi 10 janvier, 14h39

SAND

Salut, salut. Je suis chez Dame Isabelle, j'ai droit à une heure de connexion avant révision de mon prochain contrôle d'histoire. Dépêchez-vous de faire apparaître vos petits clignotants…

SOL

Coucou ma couz, coucou, les belles. Tout le monde est là ?

MAR

Mes roudoudoutes, je viens à peine de sortir mon

nez de la couette. Il fait un temps tellement pourri que j'ai juste envie d'y retourner et d'y couler le reste de ma vie mollassonne.

ANGE

Pareil à Cherbourg. Il pleut aussi fort que le jour où on a fait les photomatons en ciré et en bottes de caoutchouc. Vous vous souvenez ? Je les ai scannées et je les ai mises en fond d'écran…

SAND

Le jour où Mar a failli me crever un œil avec son parapluie !

MAR

Pas du tout, c'était pas moi… c'était Sol.

SAND

Ma cousine ne ferait jamais une chose pareille, hein Sol ?

SOL

De toute façon, je déteste les parapluies. C'est si bon de marcher en harmonie avec la pluie, de sentir l'eau nous purifier ! Vous devriez essayer, les filles. Je suis restée trois heures dehors ce matin sous les gouttes, mais tes parents n'ont pas voulu que je ressorte après le déjeuner…

SAND

Ça ne m'étonne pas. Tu aurais pu choper la pneumonie…

MAR

… ou pire une angine des ongles de pied. Des nouvelles de ta maman, Sol ?

SOL

Du côté des médecins, la première semaine de traitement ne donne pas de bons résultats. Ils essaient un autre dosage pour voir comment ça évolue… Elle m'a dit que la semaine prochaine si ça n'a pas bougé, ils vont l'opérer, comme ça, direct dans son cerveau.

ANGE

Oh !

MAR

Beurk !

ANGE

Mar !

SOL

D'après ce qu'ils disent, c'est très lourd et les éventuelles séquelles doivent être surveillées… En tout cas, elle va rester longtemps à l'hôpital…

MAR

Et toi ?

SOL

Je risque de rester chez les parents de Sand un vrai bout de temps.

ANGE

Ça roule avec les cours par correspondance ? Pas trop dur de bosser toute seule ?

SOL

Bof, bof. Si ça dure trop, il est possible que j'aille au lycée où aurait dû aller Sand… Il faut juste qu'on me trouve un endroit où loger parce qu'à l'internat, il n'y a plus de place.

SAND

T'es sérieuse ? Tu vas aller au lycée Poincaré ? Avec toute la bande de mon ancien collège ? Avec Lola pouf et compagnie ? Ma pauvre chérie, tu vas comprendre ta douleur ! Ils sont gravement péquenauds, tu vas voir…

SOL

Sand ! Quand je ne vois personne, tu t'inquiètes et quand je parle d'aller au lycée, tu t'inquiètes encore. Essaie de travailler ton self-control et ta confiance dans la force universelle de la vie. De toute manière, rien n'est décidé. On est en train d'en discuter avec ma mère et les parents de Sand.

MAR

Vous êtes toujours aussi marrantes, les filles, mais je dois partir… Bon courage Sol, tu nous tiens au courant !

JustFriends. Messages privés.
Dimanche 11 janvier, 11 h 07

SAND

Mar, Ange, vous êtes par là ?

ANGE

Oui, coucou Sand !

SAND

Mar doit encore être en train de baver sous sa couette.

ANGE

Alors tu l'as trouvée comment hier, ta cousine ?

SAND

Je ne sais pas trop. On n'a pas entendu parler des voix, mais, par contre, elle marche dehors sous la flotte… Et son universelle sérénité me démange !

ANGE

Elle parle de reprendre le lycée, c'est plutôt rassurant, non ? Tu ne veux pas essayer de lui parler ce matin ?

SAND

Laisse tomber, je viens d'avoir ma mère au téléphone. Devine où est Sol ?

ANGE

Dans les champs, la forêt ?

SAND

Pas du tout. Elle est à la messe !

ANGE

Et alors ? C'est pas grave, si ?

SAND

C'est grave parce que ce n'est pas du tout normal ! Normalement, Sol ne reste pas des heures sous la pluie, parce que ça aplatit les cheveux, et elle ne va pas à la messe, parce que ça aplatit le cerveau.

ANGE

Oh cool, Sand. Il y a plein de gens bien qui vont à la messe d'abord. Et puis essaie de la comprendre ! Avec ce que vit sa maman, elle cherche du réconfort !

SAND

Mais justement ! Je me suis levée hyper tôt pour lui en donner du réconfort…

ANGE

Tu n'as qu'à te reconnecter plus tard ?

SAND

Pas sûr... Bon je compte sur vous pour empêcher Sol de virer dingue ! Je te bise.

ANGE

Ça marche ! T'inquiète pas trop, hein ?

SAND

Mon self-control is under control. Mais quand même ça me rassurerait que tu en parles à ta mère...

Carnet d'Angela
Lundi 12 janvier

Salut Tristan,

Tu sais quoi ? Elle m'épate, Sol. Elle est surprenante. Plutôt que de pleurnicher, elle se bat pour que sa mère guérisse… Sand et Mar trouvent ses réactions bizarres, moi je la comprends. Parfois quand on est le nez sur la mort, on sent des choses que les autres ne peuvent pas percevoir. S'il m'arrive de sentir que tu es là et d'être sûre que tu me parles, j'aurais bien trop peur d'en parler à qui que ce soit. Personne n'est au courant. C'est trop précieux entre nous, fragile aussi, je le sens. Alors tu vois, Sol, non seulement elle me surprend, mais je finis par la trouver courageuse de nous confier ses histoires d'anges et de voix.

Je ne sais pas si j'ai envie de partager ce qu'elle vit avec ma mère. De toute façon, je sais déjà comment elle réagira. Elle appellera la mère de Sol pour qu'elle l'envoie vite fait chez le psy. Vive le psy, notre sauveur, qui nous permet de faire face à toutes les situations même les plus traumatisantes ! Je sais de quoi je parle, j'en ai vu un paquet après ta mort, et ils m'ont tous répété la même chose : que je n'étais pas coupable, que je n'aurais rien pu faire. En même temps, j'entendais les voix de la rumeur qui disaient que tu étais amoureux de moi et que c'était ma faute. Alors j'écoutais les voix des psys et les voix de la rumeur, et je me disais que j'aurais surtout eu besoin d'une machine à remonter le temps pour rester avec toi, ce jour-là, au lieu d'aller à la mer…

JustFriends. Groupe Les Parasols de Cherbourg. Mercredi 14 janvier, 21h17

ANGE
Hello, les filles !

MAR
Coucou.

SOL
Salut Ange, tu vas bien ?

ANGE
Oui… Et vous ?

SOL
Ma mère va se faire opérer, c'est décidé.

ANGE
Aïe !

MAR
Big flip !!! Oh ma chérie, tu vas comment ?

SOL
Confiante, archi-confiante. Ma mère aussi. Le week-end dernier, on a passé des super moments toutes les deux. J'ai retrouvé ma mamounette rigolote d'avant, même si elle est toute maigre et toute cassée par ses douleurs à la tête.

ANGE
C'est quand l'opération ?

SOL
En mars.

ANGE
Et toi, tu restes chez les parents de Sand ?

SOL
Pour l'instant, oui. Mais il est possible que j'aille au lycée, si on me trouve une chambre en ville. Ça m'emballe moyen-moyen…

MAR
Quoi ? Tu préfères vraiment patiner dans une mer de betteraves plutôt que d'aller en ville ? Ça te fera du bien d'auditionner du monde…

SOL
D'abord ce n'est pas qu'une mer de betteraves, il y a aussi une très belle forêt. D'ailleurs l'autre jour, le père de Sand m'a emmenée faire une balade avec lui. C'était magique, le silence du matin. Il faisait très froid, la forêt était recouverte de givre. Tout était blanc, brillant. On aurait dit une couche de diamants posée sur les arbres et le sol.

MAR
Ben dis donc, ça te rend vachement portique, la forêt en hiver…

SOL
Et quand on marchait, ça faisait des petits craquements. Vous auriez vu comment c'était beau ! J'ai entendu les voix de la forêt qui me parlaient…

MAR
Ben oui, j'avais oublié, les voix, ça parle…

ANGE
Elles disaient quoi ?

SOL
Que j'étais sur le bon chemin. Que j'avais fait tout ce qu'il fallait pour que ma mère guérisse.

ANGE
Tu as fait quoi ?

SOL
Des choses que les voix m'ont demandé de faire.

MAR
Comme quoi, par exemple ? Ah, je sais ! Bouter les Anglais hors de France ?

ANGE
Mar, laisse-la parler !

SOL
Des choses difficiles pour moi…

MAR
Sol, ne fais pas ta limace-bavasse, abrège…

SOL
………??????????????

ANGE
Tu ne veux pas nous le dire, Sol ?

SOL
Je crois que vous ne comprendrez pas…

MAR
Si, nous, on ne te comprend pas, qui te comprendra ?

SOL

OK, je vous raconte tout depuis le début. Quand je suis arrivée à Paris, je sentais des vibrations positives autour de moi. À un moment dans l'avion, j'ai regardé par le hublot, le ciel était parfaitement bleu et j'ai eu une espèce de vision, je vous jure. Une vision pas avec les yeux, vous voyez ? J'ai vu qu'il y avait quelque chose qui n'allait pas en moi. J'ai compris que ma mère était gravement malade. Je me suis sentie très mal, j'ai eu l'impression que mon cœur allait s'arrêter. Et puis j'ai eu une autre vision, ou une « audition », comme vous voulez. Les voix me disaient qu'il ne fallait pas que je perde confiance, que c'était une épreuve qui nous était imposée à maman et moi, mais on n'étaient pas toutes seules. Que les voix veillaient sur nous. Le soir du Nouvel An, quand Sand et moi on est allées faire un tour au cimetière de Montparnasse, les voix ont recommencé à me parler, mais c'était juste un murmure, je ne comprenais pas ce qu'elles voulaient. Elles sont revenues souvent depuis que je suis ici. Surtout quand je me promène dans la nature. Elles m'encouragent, elles m'aident à accomplir mon vœu pour que maman guérisse…

ANGE

Et c'est quoi ton vœu ?

SOL

Je dois renoncer aux plaisirs égoïstes et narcissiques… C'est ce que m'ont expliqué les voix.

MAR
Égoïstes et narcissiques ? Tu m'épluches un peu que je comprenne ?

SOL
Les macarons à la pistache, le mascara, les chemisiers en soie, les garçons...

MAR
Tu ne renonces pas aux Inséparables au moins ?

SOL
Non au contraire, les voix savent comme votre amitié est pure.

MAR
Mais les garçons ???? Tu renonces aux garçons ? Pour toujours ?????? Tu vas te faire nonnesse ?

SOL
Non, faut pas exagérer non plus. C'est le temps que ma maman guérisse.

ANGE
Et c'est pour ça que tu es si bien à la ferme de Sand...

SOL
Oui, tu as tout compris. Parce qu'ici il n'y a ni pâtisserie, ni bijouterie, ni garçons, à part le charcutier ambulant qui a un bec de lièvre et le facteur qui est bicentenaire... Quand les parents de Sand ont proposé de m'héberger, j'ai dit « oui » tout de suite. Je savais que c'était une perche du ciel pour m'aider à passer cette épreuve.

MAR
Ça, pour une épreuve !

ANGE
C'est vraiment de l'amour pour ta maman, Solinette.

MAR
Je dois dire que je te tire mon râteau, Sol.

SOL
Je suis tellement contente que vous me compreniez ! Mais j'aimerais mieux que vous ne disiez rien à Sand pour les voix et les plaisirs égoïstes. Ça va encore l'énerver. Tout ce qui n'est pas rationnel, ça la rend fébrile.

ANGE
OK ! Promis.

MAR
Secret forever. Bises

JustFriends. Messages privés.
Vendredi 16 janvier, 18 h 01

MAR
Eh, Ange ?

ANGE
Salut ! C'est cool qu'on se parle. Je n'arrête pas de penser à la discussion avec Sol, pas toi ?

MAR
Moi pareil. Tu crois vraiment à ses histoires d'anges et de voix parlantes ?

ANGE
Mmmm… oui et non.

MAR

Comment ça ?

ANGE

Que ce soit vrai ou pas, peu importe, non ? Ce qui compte, c'est la nouvelle Sol. Et moi, je la trouve plutôt sympa, cette Sol qui a décidé de ne plus être égoïste et narcissique.

MAR

C'est n'importe quoi ! Comme si moi, je décidais d'être optimiste et réaliste, ou Sand, calme et mesurée, ou toi, délurée et agressive… Ce genre de choses, on le ne décide pas. On EST comme ça ou pas.

ANGE

Donc personne ne peut changer ? Évoluer ? S'améliorer ?

MAR

Waouh, Ange, tu penses trop vite pour moi. Là, je te parle juste de maintenant, de Sol et ses mystic révélations.

ANGE

Fais-lui confiance, Mar. Laisse-la se débrouiller. Toi aussi tu fais ou tu dis des trucs bizarres ou insensés, parfois, non ?

MAR

J'avoue que, si je commence à faire la liste de tous les trucs bizarres qui me passent par la tête, on risque d'y être encore le jour de l'apocalypse. Bon, on abandonne Sol à ses délires, c'est ça ?

ANGE

On ne l'abandonne pas, mais on ne lui casse pas ses délires, s'ils lui font du bien.

MAR

Et si jamais sa mère ne guérit pas ?

ANGE

Oh non, pas ça ! Je ne veux même pas y penser.

MAR

Si sa mère ne guérit pas... Sol aura traversé cette période purulente sur son petit tapis de plumes avec une mamounette rigolote. C'est toujours ça de gagné sur la saloperie.

ANGE

Ben voilà, Marounette, tu as trouvé toute seule pourquoi ce n'est pas la peine de saborder les anges !

MAR

J'ai jamais voulu saborder personne, mon Ange... Mais quand même, Sol sans bracelets et sans vernis, ça me fait machin chose. Bisous XXL.

JustFriends. Messages privés.
Samedi 17 janvier, 14h36

SAND

Alors, alors ? Comment va ? Je suis surchargée de boulot et Dame Isabelle a décidé de ne pas me lâcher de tout le week-end. Des nouvelles de ma couz ? On dirait qu'elle ne s'est pas beaucoup pointée sur le réseau ces derniers jours… Toujours connectée avec l'au-delà ? Honnêtement, cette histoire de voix, ça commence à me courir. Et imaginer Sol métamorphosée en ermite, c'est vraiment n'importe quoi…

ANGE

Salut Sand. C'est normal qu'elle perde un peu les pédales. Tu ne peux pas essayer de te mettre à sa place ?

SAND

Ange, je jure sur ma basse de venir à Cherbourg t'étrangler si tu me dis encore une fois de me mettre à la place de Sol… D'abord, on ne sait toujours pas qui lui parle. Le Saint-Esprit ? Des fantômes ? Des morts-vivants ? Moi, au cimetière Montparnasse, je n'ai rien vu, rien entendu.

ANGE

Sans vouloir te vexer, les voix s'adressent à Sol parce qu'elle souffre et qu'elle est réceptive…

MAR

C'est sûr qu'avec sa mère déesse yogi qui capte les résonances astrales, ça ne doit pas être trop compliqué pour elle de causer avec des trucs invisibles…

SAND

Mais vous êtes fêlées ou quoi ? Ne me dites pas que vous y croyez vous aussi aux voix !

MAR

Mais tu t'énerves tout le temps ! Finalement pourquoi on n'y croirait pas si ça nous plaît ? Moi aussi, je me fais plein de films avec des gens qui ne sont pas là en vrai et qui me parlent.

SAND

Et tu leur obéis aussi ?

MAR

Euh, non. C'est plutôt eux qui m'obéissent. Par exemple, si je dis à Robert Pattinson : « tombe amoureux de moi », eh bien, illico, il me déballe un baratin en or massif avec un diamant gros comme une boule de noix de coco. Vous voulez savoir la suite ? En général, je le jette comme un moucheron et je convoque tous les gars de *Ocean Eleven* à sa place…

SAND

Tu les vois souvent Robert Pattinson et les autres ?

MAR

Assez souvent. Aussi souvent que j'en ai envie…

SAND

Tu délires, Mar ! C'est quand on a dix ans qu'on est amoureuse de Pattinson !

MAR

Moi, j'ai besoin d'être amoureuse pour me sentir vivante. Comme je n'ai pas souvent quelqu'un en vrai à faire fondre sous la dent, je trouve ça plus pratique de m'inventer un amoureux ou deux. Ma vie sentimentale est beaucoup plus fluide quand mes amoureux sont dans un autre espace-temps.

SAND

Tu fais pitié, Mar !

ANGE

Sand, ce n'est pas parce que les gens ne sont pas là en vrai, qu'on ne peut pas les sentir et communiquer avec eux. Enfin d'une autre manière... bien sûr !

SAND

Là, je n'arrive plus à vous suivre.

MAR

Lâche-toi un peu les bajoues, Sand...

ANGE

Fais-le pour Sol. C'est super important pour elle de savoir qu'elle peut tout nous dire ! Même des trucs un peu... étonnants.

SAND

OK, OK. Je vais faire un effort ! Bises, les barjottes.

Carnet d'Angela
Samedi 17 janvier

Tristan,

J'ai envie de te parler de Sand. Comment on peut s'aimer autant, c'est juste un mystère ! Elle est tellement différente de moi… Elle n'hésite pas, elle, elle ne se prend pas la tête avec vingt mille questions. Elle ose. Parfois, elle est tellement catégorique, on dirait qu'elle a zéro psychologie. Quand elle se braque, elle me fait penser à toi quand on discutait de grands sujets derrière le gymnase du collège : la guerre, le racisme, le réchauffement de la planète… C'était toujours toi le plus virulent, prêt à tout pour défendre ton idée contre les petits FN du collège. Je me souviens de la fois où tu t'étais sévèrement engueulé avec un troisième. Il disait que la guerre, parfois, était justifiée et toi, tu répétais que c'était de la pourriture et qu'il n'existait pas de guerres justes. Tu étais prêt à le cogner tellement il t'énervait. Après, Ben et moi on n'a pas arrêté de te chambrer : l'antimilitariste prêt à se battre pour ses idées…

JustFriends. Groupe Les Parasols de Cherbourg. Dimanche 18 janvier 15 h 35

SOL

Oh, mes chéries, je suis trop contente que mes voix vous aient adoptées, même toi Sand. Elles n'arrêtent pas de me dire que vous êtes ce que j'ai de plus beau, de plus vrai, de plus positivement vibratoire dans ma vie.

MAR

Les voix, elles nous ont adoptées ! Mais c'est trop formid' ça ! Je vais pouvoir réaliser mon rêve d'enfance et changer de famille.

ANGE

Tout le monde a l'air en pleine forme ! Enchantée, les voix, ravie de vous connaître.

SAND

Sans rire, Sol, elles te parlent vraiment comme ça, en « positif vibratoire », genre français du futur ?

SOL

Peut-être que j'interprète un peu pour que vous compreniez, mais en gros c'est ce qu'elles disent.

SAND

D'accord. Pour qu'on comprenne. Tu interprètes. Je vois. En fait, non, je ne vois rien du tout. Mar ? Ange ? Vous pouvez me soutenir un moment ou il n'y a définitivement plus personne de normal sur la Terre ?

SOL

Tu sais quoi, ma chère cousine, tu n'es pas normale. Tu es hermétique à un certain nombre d'idées qui vont de la communication non violente à la vision de l'invisible, alors tu peux aussi bien te déco si ce que je raconte te dérange.

SAND

La vision de l'invisible ??? La communication non violente ???? Oui, je vais me déco. Et je vais même demander à Dame Isabelle de déco toutes les mauvaises ondes numériques de la maison pour que je puisse méditer à fond sur cette vaste question de la vision de l'invisible. Je vous laisse les folles dingues. À la semaine prochaine, si Dieu le veut.

> Lundi 26 janvier, 9h38
> De: Sol
> À: @nge, M@r, S@nd
> Objet: un truc horrible à vous dire

Mes chéries,

Il faut que je vous avoue quelque chose. Mes voix m'y encouragent depuis un moment. L'opération de ma maman approche et je ne peux plus me débiner. En fait, les voix me supplient de le faire, et je sais qu'elles ont raison. En ce moment, je n'arrête pas d'entendre leurs cris et leurs pleurs. Alors voilà : avec Nigel, on s'est embrassés, un vrai baiser, au bal de fin juillet. Oh Mar, si tu savais comme je suis désolée !!!

Je sais que c'est une bombe, je sais que vous pourriez m'exiler à vie pour un truc pareil. Mais j'ai besoin de vous, vous êtes mes vitamines et mes lumières. Je vous embrasse, vous êtes les soleils de mon cœur.

Sol

Vendredi 30 janvier, 17 h 36
De: @nge
À: S@nd
Objet: Le scud de Sol

Quatre jours que Sol a lâché son scud sur le réseau et c'est silence radio. Tu en penses quoi, Sand ? Je pense fort à Mar, j'ai commencé plein de petits mails de réconfort, mais au final je les balance tous à la poubelle. J'ai trop peur d'être maladroite. Qu'est-ce que je dois lui dire ? « Ben oui, t'as raison, c'est dégueulasse ! » ou « Ben non, c'est pas grave, pas de quoi fouetter un fromage ! » ? Maman dit qu'il y a des trucs qu'on a besoin de digérer tout seul dans son coin. J'ai fini par me persuader que Mar a besoin d'être tranquille pour encaisser. Elle va bien finir par réagir… Non ? On la laisse tranquille ou pas ? Réponds-moi dès que tu peux…

Ange

Vendredi 30 janvier, 20h32
De: M@r
À: Sol, S@nd, @nge
Objet: Écœurée!

Comme Sol et ses voix de dingue ont décidé de mettre tout le monde au courant des saloperies qu'elle a faites derrière mon dos, je retourne à tout le monde. Sol, je ne sais même pas quoi te dire. Toute la journée, je me répète « dégueulasse-dégueulasse ». Dégueulasse puissance dix ! Tu sais pertinemment que Nigel, c'était le garçon que j'attendais sans y croire et qui a fondu dans ma vie en perfusion comme un petit glaçon à taches de rousseur. Une fois, une seule fois, tu aurais pu contrôler tes hormones et garder ta langue dans ta bouche. Mais non... Je me sens trahie, salie et nulle !

Là, oui, je faisais confiance à un garçon. Mais c'était qui l'amoureux pour lequel j'étais prête à renverser la Manche à la nage ? Et qui sont vraiment les amies pour qui j'aurais fait rôtir mon hamster vénéré ? Sol, tu as gâché tout ce qui comptait pour moi, tout ce qui donnait du sentiment à ma vie... Je ne veux plus jamais te voir ou te parler. Et Sand et Ange, je vous préviens, il va falloir choisir votre camp !!!

Mar

Vendredi 30 janvier, 20 h 40
De: M@r
À: S@nd et @nge
Objet: Dites-moi que non!

Je viens de penser d'un coup, vous étiez au courant et vous ne m'avez rien dit ? C'est pour ça que Sol vous écrit aussi ? Ou c'est parce que ses voix de merde le lui ont demandé ?

J'attends vos réponses...

Carnet d'Angela
mardi 3 février

Tristan,

J'ai passé un drôle de week-end à surveiller mon écran pour voir si les filles se connectaient. Personne ne s'est montré. J'imagine Sol en train de se ronger ses ongles même pas vernis, Mar en train de broyer du noir et Sand qui se demande ce qu'elle doit faire. Alors que moi finalement, je suis soulagée. Bien sûr, j'aimerais trouver comment aider Mar, qui doit en baver. Mais, finie la sale petite voix qui me trottait dans la tête. Maintenant, je vais pouvoir être vraiment moi-même sur le réseau, je vais pouvoir dire ce que je pense et ça me fait drôlement du bien.

Mar est super blessée. Super furieuse et pas seulement contre Sol et Nigel, mais contre le monde entier. Normal, non ? Elle veut qu'on choisisse notre camp. Je n'aime pas ces mots-là. Ça me fait trop penser aux histoires de cour de récré, des histoires qui servaient juste à casser l'ambiance. Toi et moi, on détestait ça, on était bien tout seuls ou alors tous les deux. Personne ne nous calculait. Sauf Ben… J'ai envie d'écrire ça à Mar, que, non, on n'a pas à demander aux gens de choisir leur camp, que c'est minable. Mais ce n'est pas le moment d'en rajouter une louche…

JustFriends. Messages privés.
Vendredi 6 février, 19 h 16

SAND
Ange, t'es là ? Mar t'a réécrit ?

ANGE
Non, elle ne bouge plus depuis son mail…

SAND
En tout cas, tu avais raison. Désolée de ne pas t'avoir crue.

ANGE
Tu sais quoi ? J'aurais largement préféré avoir rêvé. Qu'est-ce qu'on fait ? On doit s'inquiéter ?

SAND
Pour l'instant, elle a juste envie de découper tout le monde en petites rondelles. Comment elle va pouvoir avaler ça, je ne vois pas.

ANGE
Tu lui as écrit ?

SAND
Pas encore… Mais je n'ai pas envie de « choisir mon camp ».

ANGE
Je déteste cette idée.

SAND
Alors, on va refuser de choisir parce que les Inséparables, c'est nous quatre !!! On a du pain sur la planche avec Sol en mode Bon Dieu et Mar en mode Kill Bill.

ANGE
On pourrait commencer par écrire à Mar, lui dire qu'on l'aime pour qu'elle ne se sente pas trop seule…

SAND
Il ne faut pas oublier Sol, non plus. Elle se demande sûrement ce qu'on pense d'elle.

ANGE
Tu sais quoi, ta cousine, c'est une super fille. Mais son histoire de baiser m'a bien pourri les six derniers mois…

SAND
Je suis désolée, petit Ange, je répète : j'aurais dû t'écouter. Mais, puisque c'est la saison des grands déballages, écris à Sol, dis-lui ses quatre vérités, ça la changera des discussions avec ses voix.

ANGE
OK, je vais y réfléchir. Bises

JustFriends. Messages privés.
Mercredi 11 février, 20 h 58

SOL
Ange, tu es là ?

ANGE
Oui, j'étais justement en train de t'écrire.

SOL
Je sais, ma couz m'a dit ça. Que tu allais m'écrire. J'ai peur de ce que tu vas me dire. Mais ce silence… Votre silence, c'est dur.

ANGE

C'est dur aussi, c'est même très très dur, ce que tu as fait ! Mais maintenant, je suis soulagée… Je ne suis plus en colère contre toi. Je vous avais vus derrière le camion.

SOL

Je pensais bien que c'était pour ça que tu voulais m'écrire. C'est sympa de ne pas en avoir parlé aux autres…

ANGE

Sympa, je ne sais pas. En tout cas, heureusement que tu l'as dit, je n'en pouvais plus de garder ce secret pourri !

SOL

Tu me trouves pourrie ?

ANGE

Toi et Nigel. Assez pourris, oui… Mais je voudrais comprendre quand même. Est-ce que tu l'as fait malgré toi ? Tu ne l'avais pas prévu à l'avance ?

SOL

T'es folle, je ne suis pas diabolique !

ANGE

Alors ce n'est pas un acte volontaire, plutôt comme un instinct plus fort que toi…

SOL

Un peu. C'était la fête, on a dansé ensemble, on s'est laissé dépasser par nos corps. Je peux te jurer qu'on ne pensait pas à mal. Et que ça ne se reproduira plus jamais !

ANGE

Il faut que tu analyses ce qui s'est passé pour que ça n'arrive plus.

SOL

Tu crois ? C'est dur ce que tu me demandes… Disons que, dans ma vie avant, quand je croisais un garçon mignon et que je lisais dans ses yeux que je lui plaisais, ça me donnait souvent envie de l'embrasser. Comme je ne suis pas une fille compliquée, si, à un moment, j'avais envie de l'embrasser, je l'embrassais. C'est ce qui s'est passé avec Nigel. Tu comprends ?

ANGE

Euh, je comprends les mots. Mais ce qu'ils veulent dire, non, je ne comprends pas.

SOL

Je n'ai jamais voulu faire de mal à Mar ou lui piquer son amoureux. Tu me crois, Ange ?

ANGE

Je peux être franche ? C'est un peu facile, non, de ne pas imaginer les conséquences de ses actes ?

SOL

Mais il ne devait pas y en avoir des conséquences, puisque personne n'était au courant. Enfin à part toi…

ANGE

Justement. Quand je vous ai vus, ça m'a carrément choquée. Et ensuite, sur le réseau, chaque fois que Nigel arrivait sur le tapis, je me sentais hyper mal.

SOL

Oui, tu as raison. Je n'ai pas pensé à ça. Ni au mal que

j'allais faire à Mar. Je ne pensais qu'à moi. Tu crois qu'elle va me pardonner ?

ANGE

Je n'en sais rien. Une fois la colère passée, peut-être…

SOL

Tu ne veux pas essayer de lui parler, s'il te plaît ? Je sais qu'elle t'adore. Tu es notre Ange. Il n'y a que toi qui puisse la convaincre.

ANGE

Je ne suis pas sûre que j'en ai envie. Ni que j'y arriverai.

SOL

Je ne quitte plus mon ordi ! Et merci encore !

ANGE

Eh, je n'ai pas dit que j'allais le faire…

Carnet d'Angela
mercredi 11 février

Au secours Tristan ! Ça devient trop compliqué, les Inséparables. Mar qui me demande de choisir mon camp. Sand qui me demande de parler à Sol. Sol qui me demande de parler à Mar. Ça vire tragique ou comique ? Franchement, je ne sais pas quoi faire. Qu'est-ce que tu dirais, toi ? Est-ce que tu ferais ton lâcheur comme tu as si bien fait ? Tu dirais : « Laisse tomber l'affaire, trop compliquées ces histoires de gonzesses » ? Ou alors, tu dirais : « Tu n'as pas à juger. Si ce sont tes amies et que tu les aimes, tu fais tout pour les rapprocher. » Dis-moi, Tristan, si tu pouvais à nouveau choisir aujourd'hui, est-ce que tu baisserais les bras encore une fois ou bien est-ce que tu te raccrocherais à la vie et à tes amis ? Tu sais quoi, je vais me mettre à la fenêtre, je vais compter jusqu'à 50 et si tu veux bien m'envoyer un signe, genre un avion qui passe dans le ciel, j'écrirai à Mar comme Sol me l'a demandé. 1, 2, 3... 30, 31, 32... Un goéland vient de se poser sur le toit d'en face. Message reçu, mon Tristan, je vais écrire à Mar. Merci de ta présence.

Samedi 21 février, 16h12
De: @nge
À: M@r
Objet: encore moi...

Mar,

Je ne peux pas choisir mon camp, parce que je vous aime toutes les trois. Parce que ma vie a changé depuis que je fais partie des Insép. Que c'est la plus belle chose qui m'est arrivée depuis longtemps même si ce n'est pas toujours simple.

Je sais que tu te sens trahie. Il m'est arrivé un peu la même chose qu'à toi, et, même si ce n'est pas pareil une amie qui te pique ton mec et un ami qui se suicide, le résultat est le même, tu te sens seule, abandonnée, trompée, trahie… et c'est difficile de pardonner. Il y a encore des jours où je n'arrive pas à pardonner à Tristan de m'avoir laissée comme ça, de ne pas m'avoir dit qu'il allait si mal, de ne pas m'avoir dit la vérité. Et pour lui, c'est trop tard, Sol n'est pas angélique, mais elle n'est pas diabolique non plus. Et surtout, tu as la chance de pouvoir en parler avec elle, de pouvoir essayer de comprendre, de lui dire ce que ça te fait. En tout cas, je suis sûre qu'elle n'a jamais voulu te faire de peine.

Je t'aime très fort et j'espère que tu tiens le choc !

Ange

JustFriends. Groupe Les Parasols de Cherbourg. Samedi 28 février, 15 h 23

SAND

Ohé, du monde par ici ou par là ?

ANGE

Oui, mon capitaine !

MAR

Je suis co.

ANGE

Je suis super contente de te parler, Marounette.

SAND

Et en plus, c'est les VACANCES !

MAR

Pas pour moi. Pas la même zone. Sand, tu n'as pas rebondi à mon mail… Et toi non plus, Ange.

ANGE

Mais si, je t'ai écrit.

MAR

Ce n'était pas une réponse. Je veux que vous choisissiez. Et toi, Sand, pourquoi tu n'as pas répondu ?

SAND

Quelle question ? Désolée, mais je n'avais pas de connexion.

MAR

Et tu n'as pas trouvé le moyen de braquer un plus têtard que toi à l'internat pour te connecter avec un iPhone bourré de G4 ?

SAND

C'était la semaine de contrôles communs, j'ai eu un taf de fou.

MAR

Tu me prends pour une cagette ? Tu n'as pas pu te co depuis tout ce temps ?

SAND

Non, exceptionnellement je suis arrivée cet aprèm. J'avais contrôle commun, j'ai fini tard hier soir, j'ai dormi chez Dame Isabelle et il me faut plus de cinq heures pour rentrer chez moi. Mar, je vois bien où tu veux en venir… Je suis désolée pour ce que Sol a fait cet été, c'était pas malin, malin.

MAR

Carrément dégueu, dégueu, tu veux dire.

SAND

C'est vrai. D'une certaine façon. Enfin si tu veux…

MAR

Comment ça, si je veux ? Tu sous-entends quoi ? Que je me monte le bourricot ? Que, dans la vraie vie, tu as le droit de tourner des patins à n'importe qui, notamment l'amoureux de ta meilleure amie ? Vous voulez savoir ? Je ne m'en remets pas ! Même Flippé le péteux s'inquiète pour moi…

SAND

Je comprends que tu sois mal, mais on est responsables de quoi nous, avec Ange ? Pourquoi tu nous chauffes ? Pourquoi tu ne t'expliques pas directement avec Sol ? Et Nigel ! Il n'y est pour rien lui ?

MAR

Mais Nigel, je m'en brasse les soutifs ! C'est Solveig qui compte. Comment elle a pu faire ça ? Mais comment ????

SAND

Puisque Nigel, tu t'en balances, ce baiser, il n'a pas tellement d'importance, alors ?

MAR

Tu fais semblant, Sand ? Ou bien tu es en train de te vautrer dans ton humour de balayette ?

ANGE

Zen, les filles. Vous êtes juste sur des planètes différentes, pas de quoi paniquer.

SAND

Je vous jure que je rentre crevée de ma semaine tellement j'ai bossé avec le fichu « programme en trois temps, trois résultats » de Dame Isabelle. J'ai les nerfs à vif, le voyage a été super long. Et puis, je viens juste d'arriver chez moi et tout le monde est au taquet ici parce qu'on a la date de l'opération de la mère de Sol, que c'est dans dix jours et que c'est juste l'opération de tous les dangers.

ANGE

Comment elle le prend, Sol ?

SAND

Elle est toute pâle, toute triste. Elle m'a dit qu'elle avait perdu ses amies, mais heureusement elle peut toujours parler à ses copines angéliques. Elle est en train de virer folle à lier. Donc, je résume la situation : dans dix jours, je n'ai peut-être plus de tata et j'ai une cousine à l'asile.

ANGE

Oh, ne dis pas ça, c'est horrible ! Pauvre Sol.

MAR

Tu sais quoi ? C'est pas mon problème… Va consoler ta couz, j'ai bien compris qui tu choisissais.

SAND

Mais comment tu peux dire ça, Mar ? Tu n'as pas de cœur !

MAR

Figure-toi que mon cœur a été pulvérisé par une de mes meilleures amies. Salut.

JustFriends. Messages privés.
Dimanche 1er mars, 18 h 33

ANGE

Mar, j'aimerais bien te parler…

MAR

De quoi ?

ANGE

Ben de nous.

MAR

De qui ? Sol, j'en parle même pas et Sand, c'est bouclé, bâclé, fini. Et toi alors, ta position ?

ANGE

Je ne veux pas jouer à ce jeu, Marounette. Je comprends

que tu sois super en colère, mais je ne veux pas choisir, je te l'ai déjà dit...

MAR

Si j'étais mauvaise, je pourrais pourtant te dire bien des choses sur Sol et Sand, ce qu'elles racontaient sur toi l'an dernier par exemple.

ANGE

Tu cherches quoi Marounette ? À faire exploser les Inséparables ?

MAR

Tu rigoles ? Elles ne m'ont pas attendue pour se dégoupiller...

ANGE

Tu sais ce que je pense... Sol était déjà perturbée pendant les grandes vacances. Elle sentait sûrement que sa maman était malade.

MAR

Avec ses antennes paralytiques ? Je m'en fous, je ne veux rien entendre. Elle n'a pas d'excuse ! Pas-d'ex-cu-se ! Bye.

JustFriends. Messages privés.
Lundi 2 mars, 17 h 55

ANGE

Mar, tu es là ?

MAR

Oui. Tu veux quoi ?

ANGE
Arrête de faire comme si. Pourquoi tu te mets sur JustFriends si tu ne veux plus nous parler ?

MAR
Pour colloquer avec mes nouveaux amis…

ANGE
Quels nouveaux amis ?

MAR
La bande du lycée. Va sur ma paroi, tu verras que je n'ai plus besoin de vous.

ANGE
Arrête ta provo. Tu m'entends ?

MAR
An-an. C'est tout ?

ANGE
C'est grâce à toi si je fais partie des Insép…

MAR
J'ablutionne ma chérie ou, il n'y a pas si longtemps, tu te demandais si tu quittais les Parasols ?

ANGE
J'ai oublié. Vous m'avez offert votre amitié, une amitié qui coule pas en guimauve et même, parfois, qui pique les fesses. Et moi, maintenant, je ne peux plus me passer de vous. Alors je ne vais pas te lâcher…

MAR
On verra ça.

ANGE
Bonne soirée avec tes nouveaux amis, tête de pioche !

JustFriends. Messages privés.
Mardi 3 mars, 19h

ANGE

Eh, Mar ? Tu viens faire une petite bise à ton ex-vieille copine ?

MAR

Dis pas ça. D'un coup, je t'ai imaginée pleine de rides. Ça te va très mal, les rides.

ANGE

Alors quoi de neuf ? Ils vont bien tes nouveaux amis ?

MAR

Gnagnagna…

ANGE

Quoi gna ?

MAR

Pffffff… il y avait une grosse fête le week-end dernier chez une fille et personne n'a pensé à m'inviter.

ANGE

Pas cool. On va pouvoir se parler alors ce soir ?

MAR

Non, j'ai trop de boulot et puis on va manger.

ANGE

Demain alors ?

MAR

Ça se pourrait…

ANGE

À demain, Rounette !

JustFriends. Messages privés.
Mercredi 4 mars, 15 h 07

ANGE
Mar, tu es là ?

MAR
Tiens voilà l'ange le plus obstiné que je connaisse.

ANGE
Je t'avais prévenue ! Tu me l'as dit toi-même cet été, les Insép c'est plus fort que la peur…

MAR
Quand est-ce que je t'ai dit une niaiserie pareille ?

ANGE
Au cinéma en plein air, quand Sand a failli se faire casser la tête.

MAR
Ah oui, je me souviens : les crétins décérébrés qui nous reniflaient depuis une heure devenus bien lourds…

ANGE
Ils me faisaient peur. J'avais envie de partir m'asseoir ailleurs, mais Sand refusait qu'on bouge.

MAR
Et finalement, elle s'est enracinée devant les mecs en leur demandant de partir s'ils ne voulaient pas se faire éplucher. Super Sand au sommet de sa renommée !

ANGE
Venant de Sand, d'accord, mais quand je t'ai vue la rejoindre et Sol pareil, j'en avais les larmes aux yeux.

MAR

Ben, toi aussi, tu étais avec nous…

ANGE

Je me suis sentie courageuse et, en même temps, je n'avais qu'une envie, disparaître dans un trou de souris.

MAR

Ça s'est bien fini !

ANGE

Heureusement que ce gars a commencé à délirer en s'agenouillant et en disant que, lui aussi, il l'aimait de tout son cœur et que sa délicatesse était digne d'une princesse.

MAR

Il était drôle ! Et il nous a sauvées !

ANGE

Tu vois, on est magiques, même les garçons les plus cons deviennent marrants et intéressants, face à nous… C'est ça, les Inséparables !

MAR

Non, Ange, c'ÉTAIT ça… Bises.

JustFriends. Messages privés.
Jeudi 5 mars, 18 h 12

ANGE

Hello, ma chérie Mar.

MAR

Je devine ce que tu vas me dire…

ANGE
Ah oui quoi ?

MAR
Que Sol va mal, que je dois lui parsemer, que ça la sauverait…

ANGE
Tu as parlé à Sand ?

MAR
Oui et, comme d'habitude, elle n'a pas enfilé la bonne rue. Elle n'a fait que me parler de sa cousine et j'ai bien senti qu'elle s'en foutait de mon sort. Bon et toi ? Que me dis-tu aujourd'hui ?

ANGE
Toujours le même refrain jusqu'à ce que tu bouges.

MAR
Tu n'en as pas marre ?

ANGE
Et toi ? Tu sais bien que tu vas revenir. Tu n'es même plus en colère. Tu aimes qu'on te supplie, avoue.

MAR
Tu as raison, mon bel ange, la colère s'est décollée… un peu. Eh oui, j'adore qu'on me supplie, mais tu es la seule à le faire.

ANGE
Je vais convoquer les autres, alors…

MAR
Si je reviens sur le réseau, c'est uniquement parce que la mère de Sol va se faire opérer.

ANGE
D'accord. C'est cool.

MAR
Et ne comptez pas sur moi pour avouer que, sans vous, je suis qu'une misérable verrue sur la surface du globe. Tu sais quoi, Hermine est venue discuter dans ma chambre, le week-end dernier, je lui ai raconté ce qui se passait et elle m'a avoué qu'elle avait toujours rêvé de vivre une amitié comme la nôtre. Elle a même ajouté qu'elle était jalouse !

ANGE
J'ai déjà oublié ce que tu viens de dire. On se retrouve sur les Parasols alors ?

MAR
Oh attends deux minutes, je ne suis pas prête, je dois réfléchir encore.

ANGE
Oh, Mar ! Sol n'attend que ça…

MAR
Elle peut bien attendre encore un peu, non ?

ANGE
Tu es une vraie sadique !

MAR
Moi ??? C'est mieux que d'être…

ANGE
Bon, Mar, tu discuteras de tout ça en privé avec Sol, ça sera beaucoup, beaucoup mieux !

MAR
OK. Rendez-vous sur les Parasols.

JustFriends. Groupe Les Parasols de Cherbourg. Jeudi 5 mars, 18 h 23

ANGE
Sand, Mar, prêtes pour le feu d'artifice ? Où est Sol ?

SAND
Elle n'ose plus se montrer sur le réseau. Elle est tellement malheureuse et angoissée. Elle marche dans la forêt en serrant ses poings, elle fait peine à voir.

MAR
OK, j'ai bien compris, que mon petit chagrin d'amie trahie et d'amoureuse bafouée, c'était de la gnognote…

SAND
Bien sûr que non !

MAR
Je veux bien pardonner à Sol. Contente ?

SAND
Tu es la plus extraordinaire Inséparable que je connaisse !!!

MAR
Bon, elle se radine, la cousine ?

SAND
Je vais lui dire de se co, tout de suite.

ANGE
Tu m'impressionnes, Mar…

MAR
L'année dernière, j'avais tellement envie qu'on se colle toutes les quatre sur le réseau. Cette année, ça y est, tu es avec nous et je n'ai pas envie de gâcher ça. Et

puis je suis en vacances demain et il est hors de question que tu m'écrives trois fois par jour pour me demander toujours la même chose…

SOL

Bonjour les filles. Mar ? Sand me dit que…

MAR

C'est bon. Oui, on passe le râteau. Une fois. Pas deux. Pas question.

SOL

Promis.

SAND

Oh ! Ça y est, tout est bien qui finit bien. Je n'y croyais pas… Oh, mais elle pleure ma Solinette…

SOL

De bonheur !

MAR

Vous pouvez dire merci à Ange, les cousines.

SOL

C'est trop bon de me sentir au chaud parmi vous !

ANGE

On vous laissera discuter en MP. Sol pourra expliquer…

MAR

Pourquoi elle a sauté sur la truffe de mon amoureux ? Je le sais déjà : Nigel était le seul garçon qui ne la regardait pas.

SOL

Euh…

MAR

En vrai, je n'ai pas besoin de savoir. Ou peut-être plus tard… Sur ce, je vous laisse, mon papa m'emmène au kebab.

SOL

Je t'embrasse, je t'aime. Merci Mar.

SAND

Et nous ? Jamais tu nous embrasses ?

ANGE

Et nous ? Jamais tu nous aimes ?

SOL

Ma mère se fait opérer dans cinq jours. Vous prierez pour elle ?

SAND

À fond !

MAR

Jour et nuit.

ANGE

De tout mon cœur. Bises.

> Samedi 7 mars, 23h33
> De: Mar
> À: @nge
> Objet: end of the story

Salut l'angelot,

Je ne sais pas si j'aurai un jour la GROSSE discussion-explication-élucidation avec Sol comme tu le voudrais, mais Nigel vient de se faire tondre gratis par mail. Et en anglais, ma chérie, histoire qu'il avale bien le fond de ma pensée ! Sand avait raison, c'était pas juste de dire que Sol était la seule coupable et que le pauvre Nigel, comme toujours les garçons, n'y était pour rien. Il avait qu'à fermer la bouche, ce chien chaud ! Hermine m'a aidé à écrire et à chercher toutes les injures qui allaient bien et on a fini bedainées de rire.

N'empêche, il était tellement chou, mon English, l'été dernier. À chaque fois que je me le projette, j'ai les yeux qui fondent. Voilà, c'était pas l'homme de ma vie, c'était juste un onctueux amour d'été. Tout comme tu disais.

Mar

JustFriends. Groupe Les Parasols de Cherbourg. Mardi 10 mars, 8 h

MAR

Ohé, du gâteau ! Comment ça va, mes compotes ? Je viens vite faire un bisou à Sol avant qu'elle parte à Paris. Cette nuit, j'ai prié Vishnou, Yang yang, les Serpents à plumes et Bob Marley pour qu'ils veillent sur ta maman. Faites que l'opération se passe bien…

SOL

Oh Mar, t'es trop mignonne. Tu t'es souvenue que ma mère adore Bob. Moi non plus, je n'ai pas dormi et j'ai empêché Sand de dormir. Elle est encore au fond de son lit. Elle vous embrasse, mais elle n'a pas le courage de sortir. Il fait trop froid, ce matin, le chauffage est tombé en panne… Quelle horreur, votre pays !

ANGE

Coucou. Moi non plus, je n'ai pas beaucoup dormi. Comment tu te sens, Sol ?

SOL

Euh… Parfois confiante, comme si j'étais entourée de bonnes ondes. Et puis des fois, plus du tout confiante. Le plus dur, ça va être tout à l'heure, quand on va arriver et que je vais lui faire un bisou avant l'opération. Si ça se trouve, ce sera le dernier…

ANGE

Dis pas ça !

MAR

ARRÊÊÊTE de dire des horreurs pareilles ! C'est mon boulot à moi d'optionner des histoires gores. Toi, tu es programmée sur « poney rose et tout qui finit bien ».

SOL

D'accord, d'accord. De toute manière, je me sauve, il est l'heure qu'on parte pour Paris. Merci d'avoir pensé à elle, je me co dès que je peux chez Estelle. Baisers d'amour. Ah, finalement, Sand nous accompagne à la gare avec son père.

ANGE

On pense toutes fort fort fort à vous, Sol.

MAR

Tu nous écris ce soir, d'accord ?

SOL

Oui, oui.

Mardi 10 mars, 20h30
De: Sol
À: M@r, S@nd, @nge
Objet: Big ouf!

Mes chéries,

Vous pouvez respirer, tout va bien ! L'opération s'est bien passée. Le professeur du cerveau, il est trop cool. Ange, tu remercieras bien ta maman de nous avoir branchées sur lui. Franchement, il est génial, je suis à deux doigts de l'embrasser. Je rigole, les filles ! Mais que ma maman soit bientôt guérie, ça donne grave envie de rire, de danser, de tomber amoureuse et d'embrasser qui vous voulez. Je ne peux pas encore la voir, pas avant demain, il faut qu'elle se remette. Apparemment, elle est toute pâle, elle n'a plus de cheveux et des tuyaux partout. L'infirmière m'a dit aussi qu'elle avait du mal à parler. Peut-être qu'elle devra faire de la rééducation avec un orthophoniste. En tout cas, je reste jusqu'à la fin des vacances à Paris chez son amie et j'irai la voir tous les jours. Et après, comme maman va être surveillée pendant trois mois, je finirai l'année au lycée avec les amis péquenauds de Sand. Mon oncle et ma tante cherchent une chambre en ville pour moi. Maintenant que maman va bien, je suis plutôt contente de retrouver des gens de mon âge. Je rêve peut-être, mais je me dis que, parmi les péquenauds, il y aura peut-être un ou deux nouveaux en provenance d'autres collèges et que Sand ne connaît pas. Bon, je vous laisse, Estelle m'emmène fêter la bonne nouvelle dans un petit restau du quartier.

Je vous embrasse très très fort et encore merci pour ce que vous avez fait pour moi !

Sol

> Mardi 10 mars, 21h14
> De : M@r
> À : S@nd, @nge, Sol
> Objet : re : Big ouf !

Trop contente, Sol. Est-ce que ça te dirait qu'on essaie de se voir à Paris ? Mais je comprendrais bien que tu préfères rester au bonnet de ta maman. Bonnes vacances, mes chéries ! On se co bientôt ?

Carnet d'Angela
Mardi 10 mars

Cher Tristan,

Es-tu fier de moi ? Moi, oui, en tout cas. Je suis fière de n'avoir pas lâché Mar quand elle voulait brûler les Inséparables. Et je suis heureuse. C'est quelque chose que j'ai appris grâce à toi : maintenant, je me rends compte quand je suis heureuse. Après ta mort, quand je repensais à nous, je me disais souvent : « on était heureux et on ne le savait pas… » Alors maintenant, je fais gaffe, j'essaie de bien en profiter de tous ces moments où je suis heureuse avec des gens…

Quand j'ai raconté à maman que la mère de Sol était sauvée, elle s'est mise à pleurer. Je ne savais pas que ça lui tenait tant à cœur. Mais bon, j'ai renoncé à comprendre ma mère et ses émotions depuis qu'elle a rencontré Xavier. Ils sont assez marrants tous les deux, ils discutent de tout et ils décident tout ensemble… absolument tout. Ce n'est pas qu'ils se disputent, ils sont toujours du même avis. Quand ils font la cuisine, ils se mettent d'accord sur le nombre de courgettes, la taille des rondelles, épluchées ou non, la quantité d'huile dans la poêle, quelle cuillère en bois utiliser… Même chose avec le poulet, les patates ou les spaghettis.

Avec Thésée, Youssouf et Siddarta, on a piqué un fou

rire l'autre jour, on ne pouvait plus s'arrêter. J'en avais des crampes au ventre. Xavier et ma mère étaient en train de discuter à table, absorbés dans la contemplation l'un de l'autre. Ils parlaient d'une pièce de théâtre ou un truc du genre. Thésée et Youssouf se sont mis à les imiter, les yeux dans les yeux, mais en louchant. On était morts de rire et les parents ne se rendaient compte de rien, tellement plongés dans leur conversation. Finalement, Xavier a relevé le nez et nous a regardés d'un air tout étonné. « Vous êtes encore là ? » il a fait, comme si le dîner était fini, alors qu'on venait de s'asseoir à table. On s'est tous écroulés. Ça fait du bien de rire comme ça, ça me rappelle nos délires avec toi et Ben ou avec les filles, cet été. Allez, j'avoue, parfois c'est sympa d'être une famille même si ça m'énerve toujours autant de voir que la chasse n'a pas été tirée. C'est gai dans la maison. Tu vois, j'arrive à être heureuse et à le dire…

Saison 3 : **Printemps**

JustFriends. Groupe Les Parasols de Cherbourg. Vendredi 20 mars, 23h40

SAND

Eh, oh ! Stars of my sky... Me voilà arrivée-connectée !

SOL

Youyou Sand, connectée aussi, tu as bien voyagé ?

SAND

À côté d'une pétasse qui téléphonait pendant tout le trajet et devant un petit morveux qui donnait des coups de pied dans mon dos. Tranquille quoi...

ANGE

Salut les cousines, vous communiquez à courte distance ? Chacune à un bout du lit avec son ordi sur les genoux ?

SAND

Figure-toi que j'atterris juste chez mes parents et que Sol, elle...

SOL

Et moi, je suis déjà à Paris. Je vois ma mère demain matin. J'espère que ça sera moins gloups que la semaine dernière. Avec sa tête rasée, elle a un air de moineau tombé du nid...

SAND

Ma tata, la boule à zéro… Brrrr, ça fait froid dans le dos !

ANGE

Ça va repousser !

SOL

Yes, positive angel ! Zut, Estelle veut que j'éteigne. Elle ne sait pas que les ados sont une espèce nocturne…

SAND

Avant que tu ne t'en ailles, mes parents m'ont dit que tu allais commencer le bahut ?

SOL

Je commence à ressentir le manque de relations humaines. Enfin, je veux dire, avec des gens de mon âge…

SAND

À choisir, je crois que je préférerais discuter avec les arbres et mon paternel plutôt qu'avec les crétins de mon ancien collège.

ANGE

Et les voix ? Elles te parlent toujours, Sol ?

SOL

Ah non, c'est marrant, depuis l'opération, je ne les entends plus.

SAND

Moi je dis ouf ! C'était assourdissant toutes ces voix.

SOL

Et depuis quand tu aimes le silence, ma couz ?

ANGE

Depuis que Dame Isabelle t'initie aux joies du classique ?

SAND

POM POM POM POM… Le classique aussi ça peut envoyer la sauce, les bichettes. Allez écouter un peu Beethoven.

SOL

Saluti, je m'déco. J'essaie d'être là demain.

SAND

On y compte… À plus !

ANGE

Bye bye !

> Dimanche 22 mars, 18h07
> De: Sol,
> À: @nge, M@r, S@nd
> Objet: retour à la nature

Salut les mimolettes !

Je viens de rentrer à la ferme de Sand. Demain, rendez-vous avec le proviseur pour organiser mon inscription au lycée. Je ne sais pas ce qui m'arrive, d'un coup, j'ai hyper méga la trouille, je ne sais plus si j'ai envie de débarquer en milieu d'année dans une classe, avec plein de gens que je ne connaîtrai pas…

Sinon, ma mère va super bien, je suis allée à l'hôpital hier aprèm et ce matin. On a rigolé comme des baleines à parler créole avec une infirmière de la Martinique. Et après on a versé une larme toutes les trois, parce que notre île nous manque… Un ti sourire, une tite larme, c'est la vie.

Je vous embrasse.

P-S : J'ai été voir les boutiques dans l'idée de me refaire une garde-robe de printemps pour le lycée. Vous savez quoi ? Le top à paillettes que je me serais damnée pour avoir il y a quelques mois, il n'est pas si joli que ça… D'ailleurs je crois que je n'aime plus les paillettes. Ni les grosses boucles d'oreilles, ni les gloss fuchsia…

Carnet d'Angela
Mardi 24 mars

Salut Tristan,

Hier, c'était mon anniv. J'ai été gâtée, encore pire que d'habitude, parce que « 15 ans, quand même, ce n'est pas rien », selon ma tendre maman qui a ajouté, avec son sourire débordant de lumière « La vie est belle, non ? » J'ai répondu « À fond ! », mais je pensais très fort : « Maman, parfois je suis à deux doigts de te trouver niaise. »

Pourtant, elle a raison : la vie est belle, elle est pleine de cadeaux (des livres / des DVD / un parfum / un blouson en jean et, sur mon mur JustFriends, un génial montage de selfies d'été de mes trois Inséparables…), la vie est pleine de surprises (Sol est train de devenir une véritable amie / c'est plutôt cool d'avoir plein de demis / Thésée s'intéresse à mes photos…) Alors pourquoi j'ai eu envie de pleurer toute la journée ? J'ai trouvé la réponse ce matin, en me réveillant après une nuit remplie de cauchemars : bientôt, ça fera deux ans que tu es parti et cet anniversaire-là, je ne pourrai jamais encaisser. Non, c'est pire que ça : depuis que tu es mort, je déteste à vie tous les anniversaires.

Je te rassure, je suis toujours Angela la fille parfaite qui contrôle tout, et personne n'a rien vu. J'ai rigolé et remercié et chanté et mangé un énorme bout de gâteau au chocolat. Je deviens experte en l'art de cacher mes émotions. Même maman n'arrive plus à me décrypter comme avant. Ça me donne l'impression d'avoir grandi. Mais je ne peux pas dire que ça me réjouisse plus que ça. C'est déjà compliqué de grandir, mais avec toi accroché aux docs, ce n'est pas de la tarte, tu sais ?

JustFriends. Groupe Les Parasols de Cherbourg. Vendredi 27 mars, 17 h 40

MAR
Yep ! Y a quelqu'une ?

ANGE
Sol ? Sand ? Personne à part moi, on dirait ! Ça va, Marounette ?

MAR
Bof de bof, de bof. Rien de fourmillant ce week-end, même pas mon papounet pour me tirer de la vase et m'emmener au ciné…

ANGE
Mais il habite où ton papa ?

MAR
Pas loin, il a un appart tout petit à une station de RER de la maison. Il va acheter un canapé-lit pour qu'on puisse dormir dans le salon… Mais ce week-end, je le dépasse avec ma mère (enfin façon de parler). J'espérais

aller à une fête chez des gens du lycée, mais ça a été annulé. Et toi ? Tu ne donnes pas beaucoup de nouveautés. Ça va ?

ANGE

Ça baigne. La forme.

MAR

Comme d'hab, alors ? Tout est au top, very well et youplaboum ?

ANGE

Ben oui.

MAR

Rien qui dépasse ? Comme d'hab, quoi…

ANGE

Mar, j'ai l'impression que tu veux me dire quelque chose.

MAR

Ah, ah, mon Ange, tu me perces et me transperces ! Oui, je veux te dire quelque chose : tu es toujours en forme, toujours ça baigne. Jamais tu chouignes ou tu rababasses…

ANGE

Et alors ?

MAR

Ce n'est pas normal. Tous les gens que je connais ont des hauts, des bas, des creux et des crosses, des jours tagada et des jours tsoin-tsoin. Toi, tu es toujours Angela regard 100 % lacustre, électrocardio total rasta. Jamais de vagues, jamais de cris, jamais de blues…

ANGE

Mais c'est faux, Mar, archi faux ! D'ailleurs, t'as bien vu quand on a déménagé.

MAR

Justement. Allez, tu as fait la gueule à ta mère… quoi, deux jours ? Trois ? Mais je suis sympa.

ANGE

Tu as raison, j'arrive pas à rester fâchée longtemps. Et puis j'essaie de ne pas embêter les gens avec mes histoires. Je ne sais pas, je suis trop pudique, peut-être. Mais je suis comme tout le monde, parfois je suis mal, très mal.

MAR

Comme en ce moment ?

ANGE

Heuh, oui, c'est vrai que ça ne va pas très fort… Mais comment tu sais ? Tu fais dans l'extralucide comme la mère de Sol ?

MAR

Bon, c'est peut-être une déduction de limace, mais tu m'as dit cet été que Tristan était mort au début des vacances de Pâques. Et peut-être que ça explique que tu sois aussi bouche agrafée en ce moment, vu qu'on approche des vacances de Pâques…

ANGE

Oh tu t'es souvenue de ça ? Tu as une sacrée mémoire, dis donc !

MAR

Et j'ai du mérite, vu que tu ne parles quasiment jamais de Tristan…

ANGE

Je t'ai déjà expliqué : j'ai peur de m'étendre sur mes émotions, avec les gens.

MAR

D'abord, je suis pas les gens, je suis Mar, ton amie à vie et ta vie à toi, elle me tresse. Ensuite, moi, j'ai peur de te questionner, parce que je me dis que si ça se trouve tu as la volonté d'oublier.

ANGE

Surtout pas ! Je ne veux pas oublier, j'ai trop peur d'oublier. Bon, Mar, excuse-moi, faut que j'aille faire les courses avec Xavier. Bises.

Carnet d'Angela
Vendredi 27 mars

Tristan,

Tout à l'heure, j'ai coupé net avec Mar sur le réseau. Alors qu'elle s'inquiétait pour moi… J'avais l'impression que j'allais éclater en sanglots. Après, je me sentais tellement mal que je suis sortie. J'ai marché, marché jusqu'à la mer. Il y avait un vent énorme, la mer était démontée et les nuages se tiraient la bourre. Ça m'allait bien, ça me plaît de marcher dans le vent. Sur la Plage Verte, je suis tombée sur un vieux manège à l'ancienne, avec trois étages, des chevaux en bois et une musique d'accordéon. Comme dans *Amélie Poulain*. Comme à la fête foraine quand on était petits. Le manège était désert, mais il tournait comme s'il était incapable de s'arrêter. Il tournait comme les pensées dans ma tête. Ne jamais t'oublier, t'oublier à jamais, ne jamais t'oublier, t'oublier à jamais… Quand il s'est enfin arrêté, je me suis dit qu'en ce moment, oui, vraiment, j'aimerais bien t'oublier.

Samedi 28 mars, 18 h 07
De: M@r
À: @nge
Objet: silence ondulatoire

Coucou ma coupine,

Tu m'as plantée comme un vieux poireau, hier, mais je pense FORT FORT FORT à toi et je t'envoie plein d'ondules positives ! Je pars tout à l'heure en mode souterrain pour vacances chez grands-parents… J'espère réapparaître le week-end prochain pendant l'échange de parents à la frontière. S'il te plaît, même si ce n'est pas « !!!! », raconte-moi quelque chose de toi et de Tristan. N'oublie pas : je suis Mar-Kleenex qui adore les histoires tristes.

Je t'embrasse très FORT pareillement.

Mar

Lundi 30 mars, 18 h 07
De: @nge
À: M@r
Objet: re: silence ondulatoire

Non, non, pas d'histoire triste : je vais te raconter une belle histoire. Et en plus c'est une histoire vraie ! La copine de Thésée bosse avec une galerie associative. Thésée lui a montré mes photos du déménagement et ça lui a plu. Tu te souviens de cette série couleur/noir et blanc ? Comme ils vont bientôt changer de local et qu'il n'y avait rien de prévu après les vacances, elle a proposé de prendre mes photos. Je suis super contente ! Mais j'ai aussi super la trouille ! Mais c'est quand même génial : ma première expo !

Carnet d'Angela
Mercredi 1er avril

Tristan,

Depuis une semaine, je cauchemarde au moins trois fois par nuit. À tel point que j'ai peur d'aller me coucher. Pourquoi tu me persécutes ? Est-ce que tu es jaloux parce que je me sens vraiment à ma place parmi les Inséparables ? Parce que j'ai envie de parler de toi à Mar ? Parce que bientôt je fais ma première expo photo ? Ou parce que, d'un coup tu t'ennuies dans ton quelque part ? Je suis livide, je n'ai plus envie de manger, je n'arrive plus à faire semblant et maman me scrute comme si j'étais le dernier papillon vivant sur terre. J'ai l'impression d'être revenue deux ans en arrière. Chaque matin, quand je me réveille, je ne sais plus où je suis. Je suis juste coincée sous un bloc énorme qui m'écrase la poitrine, comme si tu étais mort hier. Ensuite, j'ai un mal fou à émerger et toute ma journée se déroule dans une espèce de coton gris où plus rien n'a de goût ni de saveur. Tu t'es tiré, tu m'as lâchée. Alors, pourquoi tu t'accroches à moi ?

Jeudi 2 avril, 15 h 36
De: @nge
À: M@r
Objet: Pâques

Marounette,

Bon, voici une histoire bien triste comme tu les aimes. C'est une histoire qui s'est passée il y a deux ans, le lundi de Pâques. Il faisait super beau. Maman avait un jour de repos et elle a lancé l'idée d'un pique-nique aux calanques. Avec Tristan bien sûr. J'ai couru au fond du jardin, sous le lilas, là où j'avais une vue plongeante sur sa chambre en contrebas, pour le prévenir. La fenêtre était ouverte et j'entendais la musique. Il écoutait *Highway to hell*. Combien de centaines de fois on l'a écoutée cette chanson ? On l'adorait, on connaissait le moindre riff par cœur. Maintenant dès que je l'entends, j'ai envie de vomir. Mais quand Tristan l'écoutait tout seul, je savais ce que ça voulait dire : « Tristan humeur noire envie de tout casser. » J'ai attendu la fin du morceau avant de crier son prénom, une fois, deux fois, trois fois. J'étais sûre qu'il m'entendait, mais qu'il faisait exprès de ne pas répondre. On s'était disputés la veille et je me suis dit qu'il faisait encore la tête, qu'il m'énervait avec ses bouderies qui duraient des siècles. Qu'il m'énervait parce qu'il n'y avait personne d'autre pour venir à la mer avec maman et moi, vu que Ben était parti. Qu'il m'énervait parce que c'étaient les vacances, qu'il faisait beau et qu'il fallait en profiter et que la mer toute seule, c'est beaucoup moins marrant. J'ai crié son prénom une dernière fois. Et puis il a remis *Highway to hell* encore plus fort, et j'ai laissé tomber. J'ai rejoint maman qui m'attendait dans la voiture, elle m'a demandé pourquoi Tristan ne venait pas. Le premier bain de l'année, ça ne se loupe pas ! J'ai répondu qu'il était patraque. Et puis je lui ai demandé son téléphone et j'ai envoyé un message à Tristan, un seul mot : « lâcheur ». On est rentrées juste quand la nuit tombait et on a vu les gyrophares de loin, avant d'arriver dans notre rue. Maman a dit : « Tiens, il s'est passé quelque chose. » Je ne sais pas pourquoi, mais je me souviens exactement du ton un peu inquiet, un peu détaché avec lequel elle a dit ça. Le truc le plus con qu'on puisse dire, vu que oui, forcément, quand il y a des gyrophares, ça veut dire qu'il s'est passé quelque chose. Dans notre rue, il y a avait un monde fou, des voitures, des pompiers, des types en uniforme, en blouse blanche et la mère de Tristan en larmes, assise par terre sur le trottoir qui se tordait les mains dans tous les sens.

« Lâcheur ». Le dernier mot que je lui ai adressé. Si j'avais su…

Voilà. Tu n'es pas obligée de pleurer avec moi, je fais ça très bien toute seule comme une grande.

Je t'embrasse et merci.

Ange

JustFriends. Messages privés.
Samedi 4 avril, 16 h 15

MAR
Oh là là ! Je viens de rentrer à la maison, de lire tes mails et j'ai bien envie d'un petit tête-à-tête avec mon Angelette… Ta deuxième histoire, j'avoue qu'elle m'a fait pleurer…

ANGE
Ah… Je t'avais prévenue !

MAR
Tu es très forte pour les histoires tristes.

ANGE
Je n'ai pas choisi les histoires qui me sont arrivées, tu sais…

MAR
Tu y penses souvent, à Tristan ?

ANGE
Tous les jours, je crois. En ce moment, j'y pense quasiment tout le temps, mais c'est normal, vu que c'est la date anniversaire.

MAR
Moi, je crois que tu ne devrais rien te raccrocher… Tu sais, je ne connais personne qui se préoccupe des autres comme toi !

ANGE
C'est gentil. Mais ça va mieux, là.

MAR
Sinon Monange, elle est géniale ta première histoire,

même si elle est gaie ! Ta première expo, à quinze ans !

ANGE

Oui, je ne réalise pas encore ! Et toi, Mar ? Ta première semaine de vacances ?

MAR

Mouaif… Une semaine chez mes grands-parents patères. Je n'étais pas sûre de réapparaître un jour dans l'univers.

ANGE

Qu'est-ce que tu as fait ?

MAR

J'ai beaucoup, beaucoup mangé de flageolets. Une première semaine de vacances morne aux fleuves parfumés…

ANGE

Beuh, tu es dégueu, Mar. Et ta deuxième semaine, tu fais quoi ?

MAR

Ma mère me conduit chez mère-grand numéro 2, en Bretagne. Même velouté, mais avec les patins aux pieds.

ANGE

Ta grand-mère fait du roller ?

MAR

T'es nouille, les patins sur le parquet ciré… Bref, je repars tout à l'heure. Ma mère m'a inscrite sans m'en parler pour un stage de voile tous les matins. Si je suis aussi sexy sur un bateau que sur un cours de tennis, ça va être l'hématome chez les mecs ! Et toi, tu vas passer toutes tes vacances à Cherbourg à penser à Tristan ?

ANGE

Non. La deuxième semaine, ma mère a décidé qu'on allait se prendre une semaine toutes les deux, en Irlande. Elle doit trouver qu'il n'y a pas assez de vent et de vagues à Cherbourg ! Franchement, j'ai moyen envie. Je me sens assez triste comme ça…

MAR

À cause de Tristan ?

ANGE

Mar, il faut vraiment qu'on parle de lui ?

MAR

Mais OUI !!!! Il faut que tu m'en parles. Que tu NOUS en parles. Si tu es notre amie, tu dois partager ça avec nous. Tu as prêté serment, tu as échangé ton sang, craché dans la tarte à la fourmi, tu as avalé un pot de mayonnaise entier : tu fais partie des Parasols de Cherbourg et tu dois partager avec tes amies ce qui fait le sel et le poivre de ta vie.

ANGE

T'emballe pas, Marounette. Promis, je vous en parlerai, mais plus tard.

MAR

Quand tu auras bien reniflé face à la mer défoncée d'Irlande, oui ?

ANGE

D'accord.

MAR

Promis ?

ANGE

Oui.

MAR

Dès ton retour, sur le réseau, oui ?

ANGE

OUI !!!!

MAR

Ne te noie pas, quand même, hein ma petite grenouille.

ANGE

Gros bisous, Mar.

JustFriends. Groupe Les Parasols de Cherbourg. Samedi 11 avril, 11 h 30

SOL

Salut les loukoums !

SAND

Coucou, la couz ! Alors, Paris tout gris sous la pluie ? Des nouvelles de ma tata Régine ?

SOL

Elle va vraiment mieux. Et ses cheveux repoussent, d'un tout petit centimètre et tout fins… mais ouf ! L'autre jour, je l'ai trouvée en train de faire un massage tibétain des poignets à l'aide-soignante…

SAND

Et toi, Ange ? Mar nous a dit pour l'Irlande. C'est quand ?

ANGE

On part demain avec ma mère.

SOL

Ouais, super ! L'Irlande, belle et triste.

SAND

Tu as besoin de te reposer, de prendre bien soin de toi, surtout.

SOL

Et si jamais tu trouves une connexion, il faut que tu racontes tout ce que tu vois, tout ce que tu ressens. Même si tu es triste et que tu pleures, il faut nous le dire.

SAND

Tu ne peux pas garder cet énorme chagrin pour toi toute seule.

SOL

C'est toujours toi qui nous encourages, qui positives, qui nous redonnes le moral. Mais nous aussi, on veut t'aider, d'accord ?

SAND

On ne se doutait même pas que tu souffrais toujours !

ANGE

Heuh… Elle vous a raconté quoi, exactement, Mar ?

SOL

Ben, tout !

ANGE

C'est-à-dire ?

SAND

Toi, ton fantôme, ton chagrin. Les recherches que tu vas entreprendre avec notre aide…

ANGE

Quoi ? Quelles recherches ?

SOL

Pour connaître la vérité.

ANGE

Mais quelle vérité ?

SOL

La vérité sur le suicide de Tristan.

ANGE

Ça, c'est un délire de Mar, les filles !

SAND

Mais pas du tout. Pour une fois, elle est très sage, Mar. Elle dit que tu n'arrives pas à faire ton deuil, parce que tu ne sais pas pourquoi il s'est suicidé. Donc il faut que tu te mettes en quête de la vérité.

SOL

Tu pourrais commencer après les vacances.

ANGE

Mais de quoi vous parlez ?

SAND

D'écrire une lettre aux parents de Tristan pour comprendre ce qui s'est passé.

ANGE

Vous êtes sérieuses ? Écrire aux parents ? Mais jamais de la vie !

SOL

Et pourquoi ça ?

ANGE

Mais, ça va leur faire du mal, remuer le couteau dans la plaie…

SAND

Parce que tu crois qu'ils n'y pensent plus ? qu'ils ont besoin de toi pour se rappeler leur fils ?

ANGE

Bon, les filles, je dois vous laisser, on va acheter un ciré et des bottes pour l'Irlande. Je vous embrasse et plein de bisous à ta maman, Sol.

SAND

Tu sais que ce n'est pas joli-joli de couper court quand la conversation devient intéressante ?

SOL

On pense très fort à toi, Ange. Ne pleure pas trop, ça fripe les yeux.

Carnet d'Angela
Mercredi 15 avril

Alors, Tristan, ça te plaît l'Irlande ? Désolée de t'avoir laissé tomber dans une flaque hier. Heureusement que j'écris au stylo bille, sinon ça aurait tout effacé. Peut-être que c'est ce que je voulais... En tout cas, ça me fait du bien d'être ici, avec maman. Les balades à vélo, les petits murs de pierre, le pain grillé avec du fromage fondu dessus... Ce n'est pas si triste que ça l'Irlande. Et puis les cauchemars se sont calmés.

Je crois que ça m'a fait du bien de parler de toi à Mar, de te sortir un peu de ma tête, de te faire prendre l'air à toi aussi. Tu finis par être tout racorni à rester coincé dans mon cerveau et les pages de ce carnet. Les filles sont persuadées que je dois découvrir la vérité sur ton suicide. Ça me fait super peur, mais elles ont raison, j'en ai marre de tout ce brouillard. Je sais que tu détestes qu'on mette son nez dans tes affaires, mais j'ai besoin de comprendre. Parce que te faire survivre coûte que coûte dans ma vie d'aujourd'hui, je crois bien que ça m'épuise. De toute façon, je sais qu'elles me harcèleront jusqu'à ce que je le fasse... alors voilà, à mon retour, je vais écrire à tes parents. J'espère qu'ils n'ont pas déménagé !

Je t'en prie, ne fais rien pour arrêter ma lettre !

Je pense à toi !

JustFriends. Messages privés.
Dimanche 19 avril, 18 h 51

MAR
Ange ? Ange ?

ANGE
Coucou Mar, je suis contente de te parler.

MAR
Alors la mer d'Irlande ?

ANGE
Encore plus glaciale qu'ici. Mais je te raconterai…

MAR
Prête à enfourcher le chemin de la vérité avec le soutien de tes amies ?

ANGE
Désolée, ça ne va pas être pour tout de suite. Là je dois préparer mon expo. Thésée et sa copine Anna ont passé l'après-midi dans ma chambre à choisir les photos qui vont être exposées.

MAR
Mais ça ne va pas te prendre des siècles, quand même, de choisir trois photos…

ANGE
J'apprécie ton enthousiasme… Eh ben si ! Et en plus des onze photos (pas trois !), Anna veut que je lui dise le pourquoi du comment de l'impulsion artistique…

MAR
Alors là, la combustion artistique, c'est tout toi, ça. Les doigts dans le nez, Ange.

ANGE

Honnêtement, je n'ai rien à raconter... Depuis ce matin, j'essaie d'écrire quelque chose, Mais c'est l'impasse. Qu'est-ce que tu veux que je dise, hein ? Je sais même pas pourquoi je vibre tellement avec un appareil photo...

MAR

Déjà il faut que tu dises que ces photos, c'est parce que tu avais la frouille de déménager. Tu m'avais tout expliqué, tu te souviens ?

ANGE

Mais je n'ai pas envie que tout le monde le sache. Je ne savais pas qu'elle me demanderait ça... Je regrette.

MAR

C'est fripé, ça ! On expose madame et madame ne fait que râler. Tu n'as qu'à parler de la sensation quand tu clic clic.

ANGE

En plus, il va y avoir un vernissage, samedi. Tout le monde va me poser des questions...

MAR

Un vernissage ? Champagne et petits sourds ? C'est la classe absolue !

ANGE

Ça sera plutôt chips-vin rouge à mon avis.

MAR

Tu vas mettre une robe de soirée ? T'en as une ? N'oublie pas le coiffeur, y a rien de pire qu'une fille bien sapée avec le cheveu plat...

ANGE

Eh, ce n'est pas la cérémonie des Oscars non plus !

MAR

Mais il y aura des journalistes, non ? Des people ?

ANGE

Mar, c'est juste une petite expo de rien du tout. Il n'y aura personne à part des potes du lycée et peut-être des passants qui fuiront une averse…

MAR

Peu importe ! C'est ta première expo. Et un jour, tu seras riche et cerbère !

ANGE

Tu crois vraiment que c'est ça le bonheur ?

MAR

La définition exacte du bonheur, mon cœur.

Carnet d'Angela
Samedi 25 avril

Cher Tristan,

Tu peux me dire ce que j'ai mis dans mes cartons, à part mes souvenirs et mes bouquins ? Tu peux m'expliquer pourquoi j'ai senti ma gorge se serrer en voyant mes photos accrochées sur les murs sales de l'asso d'Anna tout à l'heure ? Pourquoi j'ai préféré m'enfuir en courant quand les premiers visiteurs sont arrivés et que quelqu'un m'a demandé si la symbolique de mon travail était en rapport avec l'oubli ? Moi qui me rêvais en photographe ! Je n'arriverai jamais à rien si je ne peux pas montrer mes photos. Heureusement que Thésée m'a rattrapée dans la rue, c'était bon de pleurer un petit coup sur son épaule. Pleurer encore, encore et encore... Je ne sais même plus pour quoi je pleure, est-ce que je m'arrêterai un jour ? Je pleure pour toi ? Pour moi ? Pour notre amitié explosée en vol ? Je n'en sais rien et maman me fatigue à me demander de chercher à comprendre. Thésée, lui, ne m'a rien demandé. Il a juste attendu que je termine de pleurer. Je l'ai jugé un peu vite mon beau-frère...

Mercredi 29 avril, 7h52
De: Sol
À: @nge, M@r et S@nd
Objet: retour au lycée

Coucou les princesses,

Ça y est, la semaine prochaine, je retourne au lycée et je m'installe dans ma nouvelle maison, en ville, à deux pas du bahut. Eh oui, ma couzinette, le prochain week-end où tu rentres chez toi, mon foutoir aura disparu de ta chambre ! Encore un coup du hasard bizarre Balthazar… Devinez chez qui je vais habiter ? Un, deux trois, vous donnez votre langue au chat ? Chez les parents de Lola. Oui, oui, oui : TA Lola, Sand !!!!!!

Il faut que je vous raconte comment ça s'est passé. Cet aprèm, je suis allée faire un peu de shopping avec la mère de Sand. C'est comme ça qu'on a rencontré une dame et sa fille, et que ma tata a expliqué qui j'étais et qu'on cherchait une chambre en ville, que c'était urgent parce que je devais reprendre les cours au lycée et qu'on ne trouvait pas de logement… Alors, tout de suite, la dame a dit : « Mais il y a une chambre disponible chez nous, ce serait bien si Solveig pouvait s'y installer, ça ferait de la compagnie à Lola, qui se sent un peu seule depuis que son grand frère est parti faire des études à Paris. » En voyant la Lola et ses cils XXL, je me suis doutée que c'était celle dont Sand parle depuis la première année de maternelle. Du coup, sa mère et ma tante sont allées boire un coup pour discuter de tout ça et Lola et moi, on a léché les vitrines de la rue piétonne en papotant !!!! On n'a clairement pas les mêmes goûts, et je dirais même, si je n'étais pas une fille bien élevée, que Lola a des goûts de chiotte. Elle vise la caricature du genre plus ça brille, plus c'est court, plus ça moule, mieux c'est (quand elle m'a dit qu'elle voulait être styliste, j'ai pouffé en mon for intérieur). J'avoue, elle ne m'a pas assommée avec le poids de sa conversation. Mais à part ça, moi je l'ai trouvée plutôt cool. Et pas vipère…

Après, on est allées voir sa maison, qui est mignonne comme tout. Je vais avoir une chambre pour moi toute seule. Je récupère celle du grand frère qui est fan de moto-cross. Y en a partout sur les murs. Lola m'a promis qu'elle les enlèverait avant que j'arrive. Elle m'a demandé qui était mon groupe préféré et mes stars adorées pour mettre à la place des vroum-vroum et que je me sente chez moi. Sympa, non ?

Et ce n'est pas fini : elle va m'inviter à une fête organisée par une de ses copines du lycée. Ça fait trop longtemps que je n'ai pas dansé en soirée, je suis super contente. Je ne sais pas trop comment je vais m'habiller, vu que je n'ai pas grand-chose comme fringues ici (Sand, je sais ce que tu penses de mon pull gris et je suis bien d'accord avec toi). Bref, Lola veut me prêter des trucs à elle. Franchement trop super sympa, la fille, non ? J'espère juste qu'elle trouvera un truc sans paillettes, ni volants, ni décolleté plongeant…

C'est quand même marrant, non, ma couz tu fais des

pieds et des mains pour mettre 500 bornes entre toi et Lola, et voilà que moi, je vais coucher sous le même toit qu'elle !!!!! Si c'est pas encore un signe du destin !

Sol

JustFriends. Groupe Les Parasols de Cherbourg. Vendredi 1er mai, 20h28

SAND

Dommage que tu sois pas co, Sol, j'avais des choses à discuter avec toi en urgence. Je crois bien avoir lu les mots « marrant », « cool » et « sympa » dans ton mail. Qu'est-ce que tu racontes, ma cousine ? Tu veux faire amie-amie avec Lola ? Tu te sens bien ? Et tu m'expliqueras c'est quoi le signe du destin… En dehors du fait que c'est une grave trahison, tu as réalisé dans quel pétrin tu t'es fourrée ? Lola, elle va te bouffer toute crue. Elle va commencer par te piquer tes stylos, tes vernis préférés, puis elle te piquera l'air que tu respires et le mec qui te plaît (si jamais tu arrives à t'en dégotter un dans ce pays de bouseux…). C'est complètement débile d'aller habiter chez elle.

MAR

Ben, ma Sand, il ne faut pas te mettre rageuse comme ça. Sol, elle n'a pas choisi exprès d'aller chez Lola.

SAND

Cette histoire me donne de l'urticaire. Je suis vénère, super vénère !

ANGE

Ça ne va pas te faire plaisir, Sand, mais je trouve ça plutôt bien l'histoire de Sol et Lola. Tu ne penses pas que ta cousine a besoin d'avoir une vie sociale et de s'amuser un peu, après tout ce qu'elle vient de vivre ?

SAND

Justement, dans la vie de Sol, ça fait trop longtemps qu'il n'y a que des arbres forestiers, des voix barrées et mes parents. Elle est prête à trouver tout le monde sympa… Lola, trop super sympa ? J'ai bien lu ? Et Lola, un signe du destin ? Franchement !

ANGE

Mais quelle furie ! Le signe dont parle Sol c'est que, grâce à elle, tu as la possibilité de faire la paix avec cette Lola. Ça serait bien, non ? Même à moi, tu m'en as parlé en long en large et en travers. Si tu daignais quitter ton impasse, tu la trouverais peut-être sympa, Lola, toi aussi ?

SAND

Je me fais traiter de rageuse et de furie, alors que j'essaie juste de prévenir une catastrophe. Parce que Lola, c'est une catastrophe sur talons, même si vous ne voulez pas le croire.

SOL

En tout cas, la catastrophe, elle me charge de te dire que, si tu es là le week-end prochain, tu es invitée à la fête de sa copine du lycée. On pourrait y aller toutes les trois, non ?

SAND
Plutôt crever.

SOL
Lola, au moins, elle est moins butée que toi. Elle reconnaît qu'entre vous, ça n'a pas toujours été ça, mais elle est prête à faire des efforts. La preuve, elle veut bien que tu viennes samedi…

SAND
Mais c'est qu'elle est trop choupine, cette bonne Lola. « Elle veut bien que je vienne » ? C'est toi qui l'as suppliée en lui expliquant que j'étais une pauvre asociale et qu'il ne fallait pas m'en vouloir ? Ou bien vous avez besoin d'une gourdasse qui ne sait ni s'habiller ni se maquiller pour montrer combien vous êtes belles ?

ANGE
Oh Sand, tu deviens méchante !

MAR
Tu deviens vipère amanite.

SAND
Oh là là ! Je suis un champignon vénéneux, moi ? Et Lola, c'est une crème et un agneau. Vous savez le nombre de saloperies qu'elle a bavassées sur moi ? Vous savez la réputation qu'elle m'a faite ? Que, grâce à elle, j'ai passé toute mon année de CM2 à jouer avec les fourmis au fond de la cour de récré ?

MAR
Arrête ma Sandinoutte, tu m'émouilles.

SOL

Décolle-toi de tes blessures d'enfance, ma couz, elle a changé Lola, depuis la matèr !

ANGE

Prends la bonne direction.

SAND

Mais c'est quoi cette attaque en règle ? Eh bien, vous savez quoi ? Le week-end prochain, je vais prendre la bonne direction scolaire. Au lieu de rentrer et d'aller me trémousser entre Miss Monde et Miss Univers, je vais rester chez Dame Isabelle et réviser tout le programme de maths. Salut.

SOL

Sand ? SAAAND ? Je rêve ou elle a vraiment éteint son petit pois ?

MAR

À mon avis, elle l'a pulvérisé, le petit pois…

SOL

Mais pourquoi elle est si volcanique ma cousine ? On lui parle juste de se réconcilier avec une fille pas très maligne, mais pas très méchante non plus.

ANGE

Comme dit ma mère : à quelque chose malheur est bon. Si ça peut lui permettre de faire des progrès en maths…

SOL

Oh, Ange, vraiment tu me fais rire ! Tu crois que c'est si important que ça d'avoir des bonnes notes en maths ?

ANGE

Ça n'est pas complètement inutile. Et puis, moi quand j'ai bien révisé et qu'après j'ai une bonne note, ça me fait plaisir. Je me sens mieux dans ma peau. Pas vous ?

MAR

Euh, voyons, voyons… La dernière fois que j'ai eu plus de 13, c'était quand déjà ???

SOL

Moi, je me sentirai mieux dans ma peau quand je serai réconciliée avec ma couz. Cette idiote m'a coupé l'envie d'aller à la fête.

ANGE

T'auras qu'à réviser tes maths à la place !

MAR

Perso, je trouve que tu devrais y aller. Ça te fera du bien de danser, tu es faite pour ça. Et ensuite, tu fais un compte-rendu à Sand pour lui bavasser comment Lola a été ridicule, comment sa robe à paillettes hypra moulante a craqué quand elle a pété un coup, ou comment tu as roulé un smack en douce à son petit copain, hein…

SOL

J'encaisse l'allusion, Mar…

MAR

Sage Sol, je compte sur toi pour ramener Sand sur le chemin de l'amour. Bisous, Bel Ange.

ANGE

Bisous, les filles.

JustFriends. Messages privés.
Vendredi 8 mai, 18 h 57

ANGE
Sand, tu es co ?

SAND
Tu as de la chance. Dame Isabelle devant mon humeur morose a insisté pour me prêter son ordi. J'espérais des excuses de ma cousine…

ANGE
Tu sais, je n'ai vraiment pas envie de me disputer avec toi, mais tu es un peu rigide concernant Lola.

SAND
S'il te plaît, évite de dire son prénom, ça me hérisse !

ANGE
Les voix te hérissent, Lola te hérisse. Allez petite hérissonne, fais confiance à Sol. Elle va se faire son idée…

SAND
Bon ma chérie, tu me soûles avec tes bonnes intentions. Le prends pas mal, hein ?

ANGE
OK, je ne dis plus rien.

SAND
Raconte plutôt où tu en es de ta lettre aux parents de ton copain.

ANGE
Je voudrais bien l'écrire, mais, c'est bête, je ne retrouve pas leur adresse… et, c'est idiot, mais je ne me souviens plus non plus de leur nom de famille.

SAND

Tu es sérieuse ? D'où vient cette subite amnésie ? C'était ton meilleur ami et tu as oublié son nom de famille ?

ANGE

Ben oui, je sais, c'est incroyable. Je vais continuer à me triturer les méninges, ça va bien finir par revenir un jour ou l'autre.

SAND

L'année prochaine ou dans trente ans, qui sait ? Je ne me moque pas, on a chacune nos zones d'ombre. Ta mère, elle doit savoir non ? Ne me remercie pas, c'est juste mon intelligence supérieure à la moyenne…

ANGE

Et en parlant de moyenne, tu t'en sors comment en ce début de dernier trimestre ?

SAND

Non, mais quel coup bas ! Toi, Ange ? Et pour te débarrasser d'une question qui te gêne ? Je n'y crois pas…

ANGE

Tu es ma formatrice en balistique préférée !

SAND

Merci pour le compliment. Et en ce qui concerne mes notes, ça le fait toujours… Je commence à croire que j'ai une petite chance de passer en première.

ANGE

C'est un peu grâce à moi, non ?

SAND

Hein ? quoi ? comment ?

ANGE
Ben oui, je t'ai encouragée, quand même.

SAND
Ce n'est pas faux, mais, sans vouloir te décevoir, c'est encore plus grâce à Dame Isabelle qui est une vraie sainte avec les pauvres cancresses.

ANGE
Amen.

SAND
Allez, je te laisse, je me sens moins furax, merci. On verra bien qui est la nouvelle Lola.

ANGE
C'était un plaisir, travaille bien ce week-end alors !

JustFriends. Groupe Les Parasols de Cherbourg. Samedi 9 mai, 13h25

SOL
Pas de petits pois, tout le monde révise ses maths ou quoi ?

MAR
Je laisse tomber le théorème de Peter Gore pour toi !

ANGE
Et je viens jouer avec vous !

MAR
Sand ? Attache Miss Isabelle et viens jouer toi aussi, c'est la récré !

SOL

On dirait qu'elle n'est pas là. Vous croyez qu'elle boude ?

ANGE

Ou alors elle révise ?

SOL

Bon, ça lui passera.

MAR

Alors Sol, prête pour ton grand retour sur scène ?

SOL

Mouais, un peu le trac…

ANGE

C'est vrai qu'une soirée dans le Calvados profond, ça met tout de suite la pression !

SOL

Condé-sur-Noireau, scène internationale !

MAR

Sans compter qu'avec JustFriends, une soirée dans un trou normand peut devenir le point de tir du monde entier. Il suffit de quelques photos croquantes…

ANGE

C'est quoi ce trac, Sol ? Tu es aussi à l'aise en soirée que dans ta salle de bains.

SOL

Justement, je ne suis pas super à l'aise dans les fringues que m'a prêtées Lola.

MAR

C'est quoi ?

SOL

Court, court, court et beaucoup trop décolleté ! Je suis partie pour me mettre toutes les filles du lycée à dos… Mais bon, je n'ai pas pu lutter. Lola était si enthousiaste, elle a tellement insisté !

MAR

Tu n'as pas peur que ça cache quelque chose, Sol ? Et si Lola cherchait à vous mettre en concupiscence ? Voir laquelle va être la plus sexy ?

ANGE

Lola a perdu d'avance !

MAR

Imaginez que Sand ait raison, que Lola soit diabolique. Cette soirée, c'est un coup monté. Sol, tu viens d'arriver au lycée avec la bouche en cœur et ta grâce dévastatrice. Pour Lola, c'est une inflammation de guerre. Ton charme ne peut que l'écraser ! Alors elle prépare une fête avec ses copines pour ridiculiser sa rivale.

ANGE

Le genre pure garce comme dans les séries débiles ?

SOL

Je t'assure, Mar, elle a vraiment l'air de vouloir devenir ma copine.

MAR

Sand n'est pas non plus complètement parano. Il y a plein de filles qui veulent du mal aux filles plus jolies qu'elles. Je ne pense pas que Lola serait capable de te ratiboiser en te lançant de l'acide sur tes joues de pêche, mais, Sol, fais gaffe quand même.

SOL

Loca, loca, Mar ! Je vais finir de me préparer… Le maquillage doit être assorti à la tenue et je n'ai pas encore mis mes faux cils ! Bonne soirée, les filles !

ANGE

À plus, Sol, amuse-toi bien !

MAR

Fais gaffe à toi, hein, on ne sait jamais ce qu'une fille qui n'a que des tops à paillettes est capable d'imaginer…

ANGE

Mar, des fois, tes délires ne sont pas drôles.

MAR

Il faut bien que quelqu'un vous explique un peu que le monde, là, dehors, est cruel. Entre Sol qui vit dans les nuages célestes et toi qui dégoulines de gentillesse, je suis la voix de la raison. C'est pas tout à fait normal que Lola soit hyper sympa avec Sol sans même la connaître et sachant que c'est la cousine de sa pire ennemie…

ANGE

Elle a peut-être changé.

MAR

Ô sainte innocence incapable de collimater la noirceur tapie dans le cœur des filles jalouses…

ANGE

Tu devrais en parler à Sand. Elle sera ravie d'imaginer avec toi toutes les horreurs dont est capable Lola ! Je te laisse, on va au ciné avec Alix. Elle vient me chercher.

MAR

Ange, que fait cette Alix chez toi ?

ANGE

Elle me fait coucou, mais va savoir si je ne cours pas un grave danger…

MAR

Oui, méfie-toi !

ANGE

Elle a peut-être caché une mitraillette ou des mygales mortelles dans son sac. En tout cas, s'il m'arrive malheur, tu pourras mettre la police sur sa piste !

MAR

Je te le promets ! Et sinon, t'as écrit aux parents de T. ?

ANGE

MAR !!! Je viens de te dire que je suis à la bourre.

MAR

OK, bisous. Bon cinoche.

JustFriends. Groupe Les Parasols de Cherbourg. Dimanche 10 mai, 14 h 26

MAR

Hello, ma chérie Ange, ficelle au poste ? Alors, cette lettre ?

ANGE

Oh là là, tu me harcèles ! Non, pas écrit, pas le temps. Trop de trucs à faire… Ah ! voilà Sol ! Ta soirée ?

SOL

Je viens de me lever. Je suis dans mon nouveau chez-moi, dans ma chambre super décorée… Le wi-fi fonctionne 24 h sur 24 et personne ne m'empêche de me connecter !

MAR

La soirée ! La soirée !

SOL

Pas de traquenard à la Mar, mais je ne me suis pas amusée autant que j'aurais voulu.

ANGE

La faute à ?

SOL

L'ambiance un peu fadasse, la musique soupasse, les garçons franchement mochasses et Lola…

SAND

… en mode pouffiasse ! J'arrive pile pour la rime, yeah !

SOL

Lola, qui en fait des tonnes pour être mon amie, à tel point que ça en devient un peu gênant.

SAND

Cette fille ne peut qu'en faire des tonnes, c'est physique !

SOL

Elles a des seins de compétition, c'est clair. Pendant les essayages, elle a absolument voulu que j'enfile son bustier, je me suis sentie toute plate !

MAR

Toi, plate ! Oh là…

ANGE
La soirée ! La soirée !

SOL
Rien d'extraordinaire, j'ai un peu dansé, un peu souri, un peu causé et beaucoup pensé à notre mémorable nuit sur la plage pour la fête des voisins. Je ne sais pas quel genre de pub Lola m'a faite, ou bien si ce trou est tellement mort que, quand quelqu'un de nouveau arrive, on le mate comme si c'était un lémurien. En tout cas, question regards laser, j'ai été servie.

SAND
Tu as beau avoir trois neurones, tu as quand même capté que, si tu enfiles la garde-robe de Lola, tu as des chances d'attirer les regards et les mouches, non ?

SOL
Enfin, j'ai surtout regretté que ma délicieuse cousine ne soit pas là pour me dire des douceurs. Ou encore mieux, que vous ne soyez pas toutes là, avec moi, pour qu'on se prenne dans les bras et qu'on fasse un gros, gros câlin toutes ensemble. Ça m'aurait fait du bien ! Ça fait trop longtemps !

ANGE
Oh ma belle, qu'est-ce qui t'arrive ?

SOL
Je me sens toute triste depuis la soirée. J'ai le moral entortillé dans mes socquettes…

SAND
Les filles, je dois y aller, Dame Isabelle braille qu'elle m'attend pour bosser. Bisous Sol, ne t'inquiète pas,

Lola, on y survit. Regarde-moi…

MAR

Tu vois, Solinette, même Sand ne t'en veut pas.

ANGE

Il se passe quoi ? Tu regrettes ta chambre à la ferme ?

SOL

Peut-être. Je ne sais pas pourquoi je suis triste. Peut-être parce qu'il pleut et qu'il fait froid ?

MAR

Gueule de bois ? T'as abusé à la boumasse, hier soir ?

SOL

T'es dingue ou quoi ? Jamais je ne bois.

ANGE

Alors c'est la dépression de début de printemps. Classique.

SOL

Mouais. Je devrais être contente, pourtant. Ma mère est guérie, je retourne au lycée… Peut-être que c'est mon île qui commence à me manquer…

MAR

Et tu as les meilleures amies du monde, les reines de la papouille numérique !

ANGE

Et de la léchouille connectique. Un câlin, belle Sol ?

SOL

Oh, tu es gentille, vous êtes gentilles, vous êtes irremplaçables, mes Inséparables. J'espère que votre vie sera belle et sans tache, sans maladie, sans chagrin, sans maman la tête rasée.

ANGE

Tu nous l'as dit : Un ti sourire, une tite larme… C'est la vie, Solinette.

JustFriends. Messages privés.
Mercredi 13 mai, 17 h 08

ANGE

Coucou Mar, je crois bien que tu es co…

MAR

Salut. En forme ? Tranquille ? Le bavoir accompli ?

ANGE

Pas la peine de tourner autour du pot. Je n'arrive pas écrire cette lettre. Je n'y arrive pas.

MAR

Il grimpe ardu le chemin de vérité ! De quoi tu as peur ?

ANGE

Je te l'ai déjà dit. De remuer le passé.

MAR

Ne me dis pas que tu as peur que les parents te disent que c'est à cause de toi.

ANGE

À force d'en parler avec ma mère, avec le psy et avec moi-même, je sais : ce N'EST PAS MA FAUTE. Même si Tristan et moi, on s'était disputés la veille, même si je n'ai pas pu et même pas vraiment cherché à l'empêcher de faire ça.

MAR

Alors de quoi tu as peur ?

ANGE

Tristan était mon meilleur ami. On se fréquentait depuis nos trois ans, depuis la crèche. Je croyais le connaître par cœur. On se disait tout, et…

MAR

OK, OK, tu te demandes pourquoi et, en même temps, tu as peur de savoir la réponse. Mais tant que tu ne la connaîtras pas, cette diablesse de réponse, tu ne seras pas tranquille. Tu n'as rien à répondre à ce que je viens de t'écrire, parce que c'est de la méga psychologie des profondeurs, yes monange ?

ANGE

Yes dear Mar. Mais qu'est-ce que je leur demande aux parents de Tristan, là d'un coup ? Trois mois après sa mort, on a disparu, maman et moi. On a déménagé loin de tout ça. On les a laissés dans leur désespoir et on n'a plus jamais donné de nouvelles…

MAR

Figure-toi qu'hier, j'ai eu une heure de colle parce que… c'est tellement patate chaude que tu vas te moquer de moi jusqu'à l'apocalypse. Je suis arrivée en retard en cours de physique avec le sac poubelle de la maison à la main. Tout le monde nous a vus, moi et mon sac poubelle noir, y compris la prof qui a fait une tête aussi décatie que mes Vans. J'ai bien essayé de lui expliquer que ma maman m'avait refilé la poubelle pour que je la jette et qu'après, la pluie avait perforé mon cerveau, mais elle ne m'a pas suivie, la prof. Et toi, tu me suis ?

ANGE

Je commence à faire pipi devant l'ordi en t'imaginant avec ta poubelle en cours, mais oui...

MAR

Et donc, j'ai ramassé une pelle d'heures de colle et pendant que j'étais en colle, plutôt que de compter les poils sur la tête du surveillant, j'ai écrit une petite lettre pour toi.

ANGE

Pour moi ? Tu m'as écrit ? Sur du vrai papier, avec ton quatre-couleurs ?

MAR

Non et non. Une lettre à ta place pour les parents de T. Et pas au quatre-couleurs, je n'écris plus avec ça depuis la sixième.

ANGE

Ah bon ? Tu me l'envoies ? Elle ne fait pas quinze pages au moins ?

MAR

En fait, il y a deux versions. Une longuuuuuuuuuuuue et une courte. Laquelle tu veux ?

ANGE

La courte, par pitié !

MAR

Pff. J'en étais sûre. Bon, le temps de te la mettre sur mail, tu peux palper les épisodes 24 à 32 de « La nuit n'en finit pas ». Bises.

ANGE

En tout cas, moi j'écris avec un quatre-couleurs, je trouve ça hyper pratique. Mais je suis peut-être un bébé ? Bises.

> Mercredi 13 mai, 19h01
> De: M@r
> À: @nge
> Objet: lettre version XXXS

Bonjour,

Je voudrais juste savoir si Tristan a laissé une lettre ou autre chose ou rien du tout.

Merci,

Angela qui pense à vous et à lui très fort.

> Mercredi 13 mai, 19h10
> De: @nge
> À: M@r
> Objet: re: lettre version XXXS

Elle est canon, ta lettre. Elle glisse velours ! Le « rien du tout », surtout, il me plaît beaucoup ! Il t'a fallu combien d'heures de colle pour pondre un truc aussi génial ?

Merci. À bientôt,

Ange

Carnet d'Angela
Jeudi 14 mai

Tristan,

Hier soir, j'ai recopié (au plume, pas au quatre-couleurs) la lettre de Mar. Même si je me suis moquée d'elle, je la trouve parfaite, cette toute petite lettre. Je l'ai lue et relue, et évidemment, je l'ai laissée traîner sur mon bureau. Maman l'a vue quand elle est venue dans ma chambre, tout à l'heure. Elle m'a demandé si je comptais l'envoyer, j'ai répondu que je ne savais pas. Et puis je lui ai dit aussi que ça faisait un moment que j'y pensais, et que je n'avais pas voulu lui en parler parce que je voulais décider toute seule et aussi que j'en avais marre d'être malheureuse au milieu de gens qui sont heureux. Maman a souri, elle m'a fait un bisou sur le front et elle est sortie de la chambre sans rien dire. Tristan, je crois bien qu'elle va partir cette lettre, que tu le veuilles ou non.

JustFriends. Groupe Les Parasols de Cherbourg.
Samedi 16 mai, 15 h 39

MAR

Salut mes croustilles !

ANGE

Tout le monde est co, chouette !

SAND

Ah Ange, te voilà… Alors tu as retrouvé le nom et l'adresse ?

SOL

Tu l'as envoyée ta lettre ?

ANGE

Pitié ! On ne pourrait pas parler d'autre chose ? De toute façon, je vais pas pouvoir rester, il faut que je révise mon histoire, on a un devoir sur table jeudi prochain.

MAR

Tît tît, tu ne bouges pas ma belle, jeudi c'est loin. Résumé des derniers épisodes : Angela a beaucoup avancé. Elle sait à présent qu'elle n'est pas coupable. Et grâce à votre exclusive coacheresse, Mar la limace, Angela sait aussi qu'elle ne connaîtra pas le hamac tant qu'elle n'aura pas la réponse.

SOL

Ah ! Comme c'est bien dit !

MAR

Mais elle doit encore affronter sa peur ! Sa peur d'agresser les parents en leur demandant des explications…

SAND

Hum, noble inquiétude, en effet…

SOL

Moi, je vote Mar la limace et je dis « banco pour la

lettre ». Ange, on te le dit et on te le répète, il est temps que tu saches.

SAND

Au pire, ils n'en savent pas plus que toi…

SOL

Toute ta vie, tu vas te demander et te torturer ?

SAND

D'ailleurs, tu es sûre au fond de toi-même, que le coup de blesser les parents, ce n'est pas une excuse ? Un petit film que tu te racontes parce que tu as peur de la réponse ? Ne pas savoir, franchement, c'est pire que tout.

SOL

Ma couz, tu parles comme un livre.

ANGE

Stop, c'est bon, je vous ai entendues. Vous avez raison. Laissez-moi juste un peu de temps pour repérer une boîte aux lettres convenable.

MAR

Une rose avec des rayures de zèbre ?

SAND

Une qui applaudit quand on lui fourre une lettre dans le bec ?

SOL

Une avec des fleurs qui poussent dessus comme un chapeau ?

ANGE

Dès que je l'aurais trouvée, je vous enverrai une photo et vous me direz si elle vous plaît.

SAND

Tu as intérêt à te magner parce que tu es notre priorité numéro 1 !

MAR

On ne te lâchera pas, ma poulette ! Exactement comme tu ne m'as pas lâchée cet hiver. Sauf qu'on est trois !

Mardi 19 mai, 19 h 32
De: S@nd
À: @nge, Sol, M@r
Objet: Ahurissant!

Salut les choupettes,

Je suis sur le cul et vous allez être bientôt tombées vous aussi sur vos jolis postérieurs : dans la même journée, je viens de récolter un 12 en français et un 11 en histoire-géo. Vous pouvez vous pincer autant de fois que vous voudrez, vous avez bien lu !!! Ahhaaaahhh ! Je suis trop fière de moi, je suis trop heureuse, je crois que c'est encore meilleur que de se balader en ville au bras d'une icône du rock ! N'empêche que Sainte Isabelle avait raison, je remporte le fruit de mon labeur (pffff...). Vous vous en foutez, je sais bien, mais je ne peux partager ma joie qu'avec vous. Les deux internes de ma classe ont eu 7 et 9, elles sont dégoûtées !

Sand, the best one

Mercredi 20 mai, 17h18
De: @nge
À: S@nd
Objet: Bravo!

Sand,

Je suis trop contente, super fière de toi. Je me souviens d'une conversation qu'on a eue toutes les quatre, cet été, au bistrot des Parasols. Je vous attendais en sirotant un jus de framboise et, quand vous êtes arrivées, vous avez commencé à me chambrer parce que je lisais un livre de Simone de Beauvoir que ma mère m'avait conseillé. D'abord j'ai encaissé vos vannes en souriant et puis ça m'a agacé alors je vous ai dit de mon air le plus sérieux: « Oui, je suis une bonne élève. L'école j'aime ça, je suis contente d'y aller et d'apprendre des choses! Les devoirs, non, ça ne me pèse pas et les bonnes notes, oui, ça me fait plaisir, même si ce n'est pas pour ça que je travaille. » Tu m'as regardée de tes grands yeux qui me font fondre à chaque fois et tu m'as dit d'un air super triste: « Franchement, je t'admire. Rester assise à une table et me concentrer sur un cours, moi, j'aimerais bien, mais c'est insurmontable. » Eh ben non, tu vois, tu as surmonté. Alors, si tu l'as fait, moi aussi je peux bien essayer de le surmonter mon insurmontable, et l'envoyer cette lettre!

Baisers, espèce d'intello du premier rang.

Ange

Carnet d'Angela
Vendredi 22 mai

Tristan,

Ça y est, je l'ai fait ! Ce matin, avant d'aller au lycée. Je suis partie avec une demi-heure d'avance et j'ai fait un détour pour passer devant la poste. J'ai tourné au moins dix fois autour de la grosse boîte jaune, à lorgner la bouche métallique, à tel point qu'une mamie qui promenait son toutou a commencé à me regarder d'un air bizarre. Elle a dû se demander si je n'étais pas une terroriste qui voulait faire exploser la poste de Cherbourg. La lettre pour tes parents était dans la poche de mon blouson et c'était comme si elle me brûlait à travers le tissu. J'ai fini par la sortir et la glisser dans la fente, mais ça m'a demandé un tel effort que ça m'a coupé le souffle. Je n'arrivais plus à respirer, je me suis assise par terre, sur le bord du trottoir, à côté de la boîte et l'affreux toutou de la mamie est venu pisser à dix centimètres de mes Converse. Le coup de la pissette, je me suis dit que c'était un mauvais signe, que tes parents allaient balancer directement mon courrier à la poubelle, qu'ils allaient le découper en petits bouts et tout vider dans les toilettes. Toute la journée, j'ai pensé à ça, avec une grosse envie de pleurer. Je ne sais même pas à qui j'ai peur de faire du mal. À tes parents ou à toi ?

Une vraie journée de cauchemar. J'étais incapable de me concentrer et je crois bien que je vais me ramasser ma première sale note de l'année.

Vendredi 22 mai, 19 h 07
De: @nge
À: Sol, M@r, S@nd
Objet: postée

Voilà, la lettre est partie. J'ai choisi une boîte aux lettres normale, anonyme, ni trop grande, ni trop petite. Je vous tiens au courant.

Bisous,

Ange

JustFriends. Messages privés.
Vendredi 22 mai, 20 h 03

MAR

Salut ma biche. Je suis fière de toi ! Ton programme du week-end, maintenant que le devoir est accompli ? Une fête ou des gravillons de maths ?

ANGE

Ni l'un ni l'autre. On doit voir les cousins Bisla de Saint-Malo. Que des garçons, comme d'hab !

MAR

Quel âge ? Sympas, mignons, sans intérêt ?

ANGE
Jumeaux.

MAR
Ouais et puis ?

ANGE
Il y a donc deux ados, les jumeaux, que je te décrirai quand je les aurais rencontrés et un petit dernier de deux ans que tout le monde adore !

MAR
Des nouvelles du côté de Tristan ? Ils t'ont répondu ?

ANGE
Aucune nouvelle. Mais normal, ma lettre est partie hier. Bon, on va essayer de penser à autre chose, en attendant qu'ils répondent… ou pas. Peut-être qu'ils l'enverront direct à la poubelle…

MAR
Crotte, Ange ! Je te l'ai déjà dit, tu as bien fait d'envoyer ta lettre… Arrête de te secouer la tête.

ANGE
OK, OK. Et toi ? Comment tu vas ?

MAR
Je ne t'ai pas dit, j'ai un super projet pour l'an prochain. Il y a une fille de mon lycée qui fait des permutations avec une famille des States. Une année, c'est elle qui va trois mois dans l'Oregon (c'est où ça ????) et l'année suivante, c'est sa corres qui vient en France.

ANGE
Wah ça doit être top !

MAR

Perso, je trouve ça trop supra top et devine quoi ?

ANGE

Quoi ? Quoi ? Quoi ?

MAR

La corres a un bon copain qui cherche à faire la même chose et on a commencé à s'écrire. Je vais peut-être m'envelopper aux Amériques !

ANGE

Je croyais que tu détestais écrire en anglais…

MAR

Nan, c'est fun ! En fait, j'ai vachement progressé !

ANGE

I am sure you did !

MAR

Tank iou…

ANGE

Et alors il est sympa ton futur corres ?

MAR

Mieux que ça, il est sexy comme un cow-boy !

ANGE

??? Me dis pas qu'il danse la country avec chapeau et bottes à talonnettes ? C'est quoi ce goût bizarre pour le Far West ?

MAR

C'est mon père, il a mis des westerns dans mon biberon. D'ailleurs le coup de l'Oregon, ça l'excite à mort… Limite s'il ne m'a pas demandé de lui trouver un correspondant.

ANGE

Il est marrant, ton père.

MAR

Tu sais quoi ? Il jette le feu maintenant que ma mère n'est plus sur son dos. J'aimerais bien le voir plus, mais il a beaucoup de boulot. Mais on peut enfin dormir chez lui le samedi quand on se voit, il s'est acheté un canapé-lit !

ANGE

Si ça se trouve, ton père va tomber amoureux d'une cow-girl avec une tripotée de gamins et on pourra bientôt échanger sur les joies de la famille tomates-lardons.

MAR

C'est quoi ça la famille tomates-lardons ? Tu as la langue qui vrille toi aussi ?

ANGE

C'est comme ça que nous appelle Xavier. Les filles, on fait les tomates, et les garçons les lardons.

MAR

Ouais ben on ne va pas faire de pizza trop vite. J'aime bien profiter de mon papa en tête-à-tête ou, au pire, avec ma sœur. Mais l'an prochain, Hermine part sans doute faire ses études à Bordeaux, alors je crois que je vais demander à vivre avec mon papa. Et s'il est gentil avec moi, je lui rapporterai un chapeau de cow-boy de l'Oregon.

ANGE

Comme tu es bonne !

MAR

Oui, je sais, je suis bonnement généreuse. Oh là, j'ai pas vu l'heure. Cours de natation. Je dois y filer.

ANGE

Tu fais de la natation ? Je croyais que tu détestais la piscine…

MAR

Justement, moi aussi, j'ai décidé d'agir sur ma vie !

ANGE

Trop forte !

MAR

Je te grobisouille, tu dis quand tu as des nouvelles des parents de T.

ANGE

Bien sûr, à plus !

Carnet d'Angela
Dimanche 24 mai, à l'aube

Tristan,

Qu'est-ce que j'ai fait ? Je viens de me réveiller après un cauchemar atroce. Tu avais la tête sous l'eau et tu me regardais. Et tu as tendu la main vers moi. Moi, j'étais au-dessus de toi sur le bord et je me penchais et tendais la main vers toi. Mais au lieu de t'aider, j'ai appuyé sur ta tête pour que tu t'enfonces davantage. Alors, tu as fermé les yeux et tu as disparu dans les profondeurs. Est-ce qu'il faut que tu coules si moi je m'envole ? Est-ce que je t'enfonce quand je suis heureuse ? Je ne sais pas à quoi ça rime tout ça... j'en ai marre, tu me pèses ! Voilà, c'est dit !

Hier, j'ai pourtant passé une soirée géniale avec les deux mecs les plus drôles que j'ai rencontrés depuis longtemps. Ils s'appellent Quentin et Timothée. Ils sont jumeaux et on sent qu'ils se comprennent sans avoir besoin de se parler. Mais ce qui est génial, c'est qu'ils ne sont pas fermés aux autres. Au contraire, ils t'embarquent dans leur complicité et je me suis tout de suite sentie super à l'aise avec eux. Pendant que tout le reste de la famille s'émerveillait devant leur petit frère (adorable, j'avoue), nous on délirait sur tous les pays qu'on aimerait visiter. Ils sont tout le temps en train de se vanner, mais c'est drôle. On a déliré, rigolé, discuté de pleins de trucs et je me suis couchée sur un petit nuage.

D'ailleurs, je vais me recoucher parce que j'ai envie d'être en forme pour Quentin et Timothée. On a prévu d'aller au cinéma et tu ne m'empêcheras pas d'en profiter !

Lundi 25 mai, 7h38
De: @nge
À: M@r, S@nd et Sol
Objet: Le journal de Tristan

Les amies,

Je suis complètement excitée et terrorisée. Les parents de Tristan ont téléphoné hier soir à la maison. Ils ont été super chaleureux. Ils étaient contents de recevoir ma lettre, de savoir que j'allais bien et ils voulaient me prévenir qu'ils m'avaient envoyé le journal de Tristan. C'est fou, non ? Tristan tenait un journal ! Il devait bien le cacher parce que je ne m'en étais même pas rendu compte. Je devrais le recevoir demain ou mercredi.

Avant de partir au lycée, je voulais vous dire que vous avez bien fait de me pousser et d'insister, sans vous, je crois bien que je n'y serais pas arrivée.

Je vous tiens au courant…

Des bisous amoureux

D'une Ange amoureuse.

JustFriends. Groupe Les Parasols de Cherbourg.
Lundi 25 mai, 18 h 52

SOL

Où est Ange ? Comment ça : amoureuse ? Des bisous amoureux ?

MAR

Ange, viens par là, tu veux bien…

ANGE

Mais je suis là.

MAR

Génial pour la réponse des parents et le journal !

ANGE

Oui, j'ai hâte de recevoir le journal de Tristan et puis peur aussi, comme d'hab. On verra bien ce qu'il contient, mais ce n'est pas la peine de m'en faire à l'avance, hein ! Sand n'est pas là ?

SOL

Alors c'est quoi ces bisous amoureux ? Tu as découvert que tu étais amoureuse de nous trois ?

MAR

Ou d'une seule d'entre nous ? Moi ! Moi !

ANGE

Vous avez tout faux, je suis amoureuse de deux garçons ! Mon petit cœur bondit deux fois plus vite dans ma poitrine depuis ce week-end.

SOL

Quoi ?

MAR
Damned, les jumeaux !

ANGE
Mar, je ne peux rien te cacher.

SOL
Des jumeaux ? Pourquoi je ne suis au courant de rien !

ANGE
Timothée et Quentin, les cousins Bisla, des farfadets montés sur ressort qui carburent au fou rire.

SOL
J'adore ton programme !

ANGE
J'ai les abdos en compote. Je n'avais pas ri autant depuis l'été dernier. Vous vous souvenez quand on a réussi à semer l'affreux pékinois qui en voulait à nos sandwichs ?

MAR
Historique !

SOL
Ces chiens devraient être interdits avec leur affreux museau tout écrasé. Alors, les jumeaux, ils sont deux ? Beaux et drôles ? Vrais ou faux ?

ANGE
Vrai, vrai et vrai. Tu as tout bon…

SOL
Pareillement identiques ou pas ?

ANGE
Pas tout à fait et aussi trop sympas, intelligents et gentils !

SOL

Miam ! Tu ne m'en laisserais pas un ?

ANGE

Sûrement pas ! Je garde les deux ! Je suis doublement amoureuse et ça me va très bien.

MAR

Ange, Ange, tu te dévergondilles !

ANGE

Je vous raconte ?

SOL

Sûr !

ANGE

On est allés au cinéma cet après-midi et ils m'ont fait tout un sketch. Ils voulaient tous les deux être assis à ma droite parce que c'est mon meilleur profil. C'était stupide, mais j'ai adoré. Finalement Timothée a regardé mon profil gauche et a déclaré qu'il était encore mieux que l'autre. Bref je me suis retrouvée entre eux deux et, pendant le film, ils m'ont pris la main en même temps. Ça aurait pu me choquer, mais non, j'ai trouvé ça délicieux !

MAR

Ça, c'est l'effet « lettre » !

ANGE

De quoi tu causes, Marounette ?

MAR

La lettre aux parents de Tristan. Rien que de l'envoyer, c'est comme si tu avais ailé ton cœur de plumes de tourterelle.

ANGE

Mmmm, tu n'as pas tort... Je me sens légère, légère ! Mais la vérité c'est que les jumeaux sont irrésistibles.

SOL

Et ils t'ont embrassée ? Tous les deux ?

ANGE

De quoi tu parles, Sol ? Ils m'ont tenu la main, l'air de rien...

MAR

Tu as réussi à suivre le film ?

ANGE

Pas du tout ! Pourtant, j'avais super envie de le voir. Mais là, mes deux mains dans celles des garçons, je vous avoue que je regardais les images sans rien comprendre. Et visiblement, je n'étais pas la seule à ne pas tout suivre, parce que, quand Xavier nous a demandé comment il était ce film, on s'est regardés et on a éclaté de rire tous les trois.

MAR.

Fichtre ! Je ne te reconnais plus, chasse ce diable qui est en toi !

SOL

Non, non, profite ! Ah les délices de l'amour naissant, moi j'ai oublié ce que c'est...

ANGE

Pas la peine de me donner vos conseils, je suis beaucoup trop loin sur mon nuage ! Bises.

Carnet d'Angela
Mardi 26 mai

Tristan,

J'ai trouvé ton journal en rentrant du lycée. Une fois l'emballage enlevé, la première chose que j'ai faite, c'est de le renifler, mais il avait juste une odeur de poussière et de papier. Ça m'a rendu soudain très triste et je l'ai serré dans mes bras comme j'aurais aimé te serrer si tu étais encore là. Maintenant il est posé sur mon bureau et je le regarde de loin, assise sur mon lit. C'est exactement comme je l'ai dit aux Insép, une bombe à retardement qui pourrait exploser dans ma chambre d'un moment à l'autre. Je te connais assez pour savoir que tout ce que tu as écrit dans ses pages sera sans compromis et taillé au scalpel. J'ai peur d'être happée par tes pensées et que ton sourire me manque pour désamorcer leur noirceur. Peur de ce que tu as peut-être écrit sur moi… J'ai peur du secret que je cherche. J'ai peur.

Vendredi 29 mai, 17h
De: @nge
À: M@r, S@nd, Sol
Objet: Le mystère du journal

Le journal de Tristan est chez moi. Je n'osais pas le lire, mais je me suis imaginé que vous étiez dans la chambre avec moi en train de m'encourager à votre façon, légère et subtile (enfin pas toujours !). Ça m'a donné la force de l'ouvrir. J'ai retrouvé son écriture serrée et fouillis, sa logique implacable, son humour noir. Ça a été dur de le lire. Même si on discutait souvent du monde avec Tristan, de la manière dont tout ça ne tourne pas très rond avec l'argent qui pourrit tout et l'injustice qui galope, je ne l'avais jamais senti aussi désespéré. Quand on en parlait ensemble, on se disait qu'il fallait agir, faire bouger les choses. Dans son journal, il aligne les grandes questions philosophiques, la politique, la destruction de la planète, la faim dans le monde et il n'a pas l'air convaincu qu'un jour ça aille mieux. Il y a quand même quelques passages où il parle un peu plus de ses sentiments. Il s'énerve contre ses parents qui ont peur de tout. Il ne parle quasiment jamais de moi, sauf pour raconter qu'on a vu tel film ensemble ou que je lui ai conseillé tel livre. Vers la fin du journal, j'ai compris qu'il était tombé amoureux d'une fille qui s'appelait B. et que cet amour le torturait terriblement. Ce n'est pas dit clairement, mais je pense que B. l'a rejeté et ça s'est ajouté à ses idées noires.

Je crois bien que c'est ce qui l'a amené à se suicider...

Voilà. J'ai trouvé la moitié de la réponse à la question et je ne suis pas plus avancée pour autant. Je croyais que Tristan me faisait entièrement confiance et je me rends compte qu'avant de mourir, il m'a caché pendant plusieurs semaines ce qui le bouleversait. Je suis triste et je ne comprends toujours pas... Je ne crois pas que je serai là ce soir, ma mère et Xavier m'emmènent au théâtre, ça va me changer les idées !

Baisers troublés,

Ange

JustFriends. Groupe Les Parasols de Cherbourg. Samedi 30 mai, 11h51

SAND

Holà, y a quelqu'une derrière son écran ?

ANGE

Moi, oui... j'attendais que vous soyez co.

SAND

Tu te sens comment ?

ANGE

Bof. Je me pose vingt mille questions et j'ai l'impression que ma tête va exploser.

SAND

Le mystère reste entier.

ANGE

Ouais, je ne suis vraiment pas une super détective.

SOL
Salut, mes poulettes !

ANGE
Coucou !

SOL
Alors, c'est qui cette B. ?

ANGE
Aucune idée. Ça ne me dit rien.

SAND
Barbara ? Beverly ?

MAR
Salut les filles ! Je peux caracoler avec vous ? Brigitte ? Béatrice ? Bérénice ? Berlingot ?

SOL
Pourquoi pas Berthe, tant que tu y es ? Ou Biélorussie ?

SAND
Stop les délires. On est sérieuses, là. Ange a besoin de nos neurones. Tu ne vois personne dans votre entourage qui portait ce prénom ?

ANGE
Tu penses bien que j'ai cherché. Il y avait bien une Bahia, dans le collège, une fille qui avait de jolis yeux très bleus. Mais elle était en sixième quand nous on était en quatrième, et elle mesurait 1 mètre 10. Impossible que ce soit elle !

MAR
Peut-être qu'il était tombé amoureux de la mère d'un copain…

ANGE

Ça ne me dit rien, les filles. Ce que je ne comprends pas, c'est qu'on était tout le temps fourrés ensemble. Je me demande quand il a pu rencontrer quelqu'un sans que je sois au courant…

MAR

Heureusement que ta mère s'appelle Violaine et pas Babette… T'imagines l'angoisse !

SOL

Mar, tes idées débiles, tu les gardes, STP !

SAND

Ouais, ma chérie, tu ne sais pas t'arrêter !

MAR

Oups, pardon. Mais franchement, cette histoire, ça sent l'amour impraticable…

ANGE

C'est vrai, Mar n'a pas tort. Amour impossible. Moi aussi, c'est ce que j'ai ressenti quand j'ai lu le journal.

SOL

Une prof, alors ?

SAND

Une surveillante ?

MAR

Une dame de service ? La principale ?

ANGE

Pourquoi pas la boulangère du coin ? Bon, pas grave. Je vais poser la question à ma mère, ça lui dira peut-être quelque chose… Mais honnêtement je ne vois pas Tristan tomber amoureux d'une adulte, ça ne colle pas.

Peut-être une rencontre sur Internet ? Non, ça ne colle pas. Bon je continue à réfléchir.

SOL

Ça marche !

MAR

Nous aussi. Et si on a une idée, on se bling aussitôt dit, yes ?

SAND

À plussssss…

Carnet d'Angela
Dimanche 31 mai

Tristan,

Tu es vraiment le garçon le plus obscur que je connaisse. Ce n'était pourtant pas compliqué d'écrire un prénom entier dans ton journal et de dire ce qui s'était passé simplement… Trop simple sans doute pour toi ! Je n'ai pas envie de m'arrêter là sans en savoir plus maintenant que j'ai commencé à remuer le passé, que j'ai contacté tes parents. J'ai envie de comprendre ! Ton journal ne m'apprend rien et me met en colère. J'en ai parlé à maman, elle n'aime pas que je sois en colère contre toi. Elle a essayé de me montrer les choses sous un autre angle, comme d'habitude. Elle dit que tu devais souffrir beaucoup pour ne pas parler de ce qui te préoccupait. Justement, je t'en veux d'être resté tout seul, avec ta douleur, ton problème, ton amour déçu. Je fais quoi maintenant ? Je continue à t'écrire comme si tu étais mon meilleur ami ? Je continue à me confier à toi alors que tu ne l'as pas fait de ton côté ?

JustFriends. Messages privés.
Mardi 2 juin, 17 h 58

💬 **SOL**

Hello Ange, comment tu te sens ?

💬 **ANGE**

Comme une fille qui a été la meilleure amie de quelqu'un qu'elle ne connaissait pas ! Et toi ?

💬 **SOL**

Comme une fille qui a débarqué dans une vie qui n'est pas la sienne.

💬 **ANGE**

Qu'est-ce que tu veux dire ?

💬 **SOL**

Que je n'arrive pas à me dire que c'est vraiment moi qui suis dans ce lycée, dans cette maison avec Lola qui fait tout ce qu'elle peut pour devenir ma meilleure pote. Je crois que je suis restée trop longtemps dans la ferme de Sand à parler avec mes voix. Je ne sais plus comment il faut se comporter au lycée, ni avec les gens.

💬 **ANGE**

Toi, si sociable ?

💬 **SOL**

Ben oui. C'est drôle, hein ? Sand ne me reconnaît plus. Du coup, je me demande comment ça sera quand je rentrerai à la maison.

💬 **ANGE**

Est-ce qu'on peut vraiment connaître quelqu'un ? Tu y as réfléchi, toi ?

SOL

Tu sais bien que je ne réfléchis jamais, je n'ai pas assez de neurones et bien trop de mascara pour ça !!

ANGE

Mais bien sûr… Et à part ça ?

SOL

Ça me fait penser à la fugue de Sand l'année dernière… Quand elle a disparu sans nous prévenir, à cause d'un truc qu'elle nous avait caché pendant presque une année !

ANGE

Et qu'elle m'a raconté à moi ce qu'elle n'avait pas réussi à vous dire.

SOL

Ouais, toute cette histoire, ça m'a rendue folle ! Je n'ai pas compris qu'elle puisse se confier à toi, quasi une inconnue, alors qu'elle nous avait nous.

ANGE

Oui, et d'ailleurs tu as été assez fraîche avec moi cet été, au début.

SOL

Eh bien, j'y ai repensé quand j'étais chez ses parents. C'était plus facile de me mettre à sa place allongée dans son lit en regardant ses posters de grattes au mur. Bref, je me suis dit qu'elle avait fait tous ces mystères parce qu'elle avait trop peur de nous décevoir. Et elle a préféré en parler à quelqu'un qui était moins proche… faut pas te vexer !

ANGE

T'inquiète. Je vois ce que tu veux dire… même si je ne sais pas si je ferais pareil.

SOL

Et toi et Tristan, j'ai l'impression que vous étiez un peu comme moi et Sand… Trop proches.

ANGE

Alors… s'il a fait comme Sand… Tu me donnes une idée ! Peut-être qu'il en aurait parlé à Benjamin, qu'il lui aurait dit ce qui le préoccupait. Entre garçons, c'était peut-être plus facile !

SOL

Benjamin, c'est le troisième de la bande ?

ANGE

Oui, il est arrivé l'année de cinquième. On l'a tout de suite pris avec nous. Il était un peu zarbi et super crédible en vampire !

SOL

Vous n'en n'avez jamais parlé Benjamin et toi ? Après le suicide, non ?

ANGE

Il a arrêté d'aller au collège. Peut-être qu'il était comme moi, déboussolé. Les jours qui ont suivi, tu sais, je ne m'en souviens pas trop. C'est comme du brouillard. Comme si la disparition de Tristan m'avait brûlé le cœur et le cerveau d'un coup. J'ai dû essayer de lui téléphoner une ou deux fois, mais ça ne répondait pas. Et après, ça s'est précipité, on est parties…

SOL
Mais tu n'as jamais pensé à le recontacter ?

ANGE
Si, mais il n'est pas sur JustFriends. Et puis j'avais peur… Mais, cette fois-ci, je ne vais pas m'angoisser pendant des siècles. Je ne sais pas comment je vais lui demander, mais je n'ai rien à perdre, je vais lui envoyer un mail… Merci, Sol. De parler avec toi, ça m'a drôlement fait avancer. Bisous.

Mercredi 3 juin, 16h17
De : @nge
À : Benj@min
Objet : Salut

Salut Ben,

J'espère que tu vas bien et que ça roule pour toi au lycée. Je ne sais pas si tu es resté dans le sud, mais avec un peu de chance, tu n'as pas changé de messagerie. Moi, ça va bien, je vis maintenant à Cherbourg, là où il pleut sur la carte et je finis ma seconde sans histoire. Je t'envoie ce mail parce que j'ai décidé de découvrir ce qui s'était passé pour Tristan. Ça fait deux ans qu'il est mort, mais ça me réveille encore la nuit. J'ai besoin de comprendre pour combler le vide. J'ai écrit à ses parents qui m'ont envoyé son journal. Je l'ai lu, Tristan était triste, il avait des idées noires encore plus noires que celles dont il nous parlait. Et puis il avait rencontré une certaine B??? dont il était amoureux. Je me dis qu'il t'a peut-être parlé de quelque chose…

Angela

P-S : Je n'ai toujours pas bien compris pourquoi tu n'avais plus voulu me parler à l'époque. Tu n'as pas voulu assister à l'enterrement, je peux comprendre, mais pourquoi tu ne m'as pas téléphoné ensuite ? Je ne t'écris pas pour te faire des reproches, j'ai juste besoin de savoir.

JustFriends. Groupe Les Parasols de Cherbourg. Dimanche 7 juin, 15 h 04

SAND

Vous êtes par là, les amies, je suis super happy !

MAR

Encore une bonne note ? Tu vas arrêter un peu de faire ta bonne élève qui se mielle ses propres louanges ?

SAND

Eh non ! « Malgré de visibles efforts salués par le Conseil de classe, Sand n'a pas pu faire décoller sa moyenne. » Conclusion, je redouble ma seconde… Mais c'est pas de ça que je voulais vous parler. Non, le truc ultratrippant, c'est que j'ai rendez-vous avec Hakim demain.

SOL

Hakim !!!!! Vous entendez ça, les filles ?

MAR

Topissime !!!!!

ANGE

Moi, je suis déçue… J'espérais que tu passerais en première. Mais si tu t'en fous, tout va bien. C'est qui Hakim ? J'ai loupé un épisode ?

SAND

Ne t'inquiète pas, Ange, elles n'en savent pas plus que toi, elles sont juste moqueuses… Mais je vais vous dire qui est Hakim, LE Hakim de terminale. C'est le guitariste et chanteur de *Flash for me*.

ANGE

Waouh, *Flash for me*, les filles !

SOL

Ça ne nous renseigne pas beaucoup… Il est comment ? Grand, beau, costaud, avec des yeux de braise ?

MAR

Petit, teigneux, rasé, avec des feux fuyants ?

ANGE

Je dis : mystérieux, ténébreux, roucoulant ?

SAND

Roucoulant ? Bon, il est plutôt comme dit Sol et c'est même le beau gosse du lycée ! Et pour ne rien vous cacher, même moi, j'ai du mal à ne pas le mater discrètement quand il traverse la cour entouré de son nuage de filles.

SOL

Je suis fière de toi ma couz, la pépite du lycée te choisit. On a les mêmes gènes, c'était juste plus long pour que tu les exprimes. Mais là, je sens que tu es partie pour une carrière de séductrice implacable.

ANGE

C'est ton air rebelle qui lui plaît ?

SAND

Sûr que ce n'est pas mon tour de poitrine ! Ni ma beauté cachée. Si Hakim veut me voir, et c'est presque mieux, c'est pour mes talents de bassiste.

ANGE

Il t'a entendue jouer ?

SAND

Oui, on a fait une audition à l'auditorium la semaine dernière. Devant les profs, les élèves et le personnel du lycée. Rien à voir avec les bars normands où j'ai fait mes débuts et, honnêtement, j'étais assez coincée.

MAR

Ça manquait de cris et de bagarre et de poivrots en délire. Hips !

SOL

Oh là là ! Vous vous souvenez de la mini-vidéo du premier concert de Sand ? On avait l'impression qu'elle allait s'enflammer sur scène ! Comment il s'appelait ce groupe tout pourri, déjà ? *No Wave* ?

SAND

Il s'appelait *No Way*. Et si ça te semblait pourri, chère couz, c'est normal vu que c'est du rotten-punk, soit du « punk pourri » ou du funk destroy, comme tu veux. Et que c'est fait pour chagriner les oreilles des adolescentes écervelées comme toi. En tout cas, ce coup-ci c'était plutôt soft. Les profs sont pas trop fans de punk, ici.

ANGE

À tort ! Le rotten-punk, ça envoie !

SOL

Et alors le Hakim, là, c'est quoi sa technique de drague ?

SAND

Rien à voir, Sol, ils ont vraiment besoin d'une basse pour leur groupe. Ça serait géant !!! Ils commencent à bien tourner avec *Flash for me* et pas que dans les bars !

MAR

Hips !

SAND

Ça va, Mar, tu t'amuses bien ?

MAR

Hips ! Hips !

ANGE

Hips !

SOL

Hoc hoc !

SAND

Puisque tout le monde est toqué, je vais aller m'entraîner. Il m'a demandé de bosser un morceau pour demain. Kiss les bourrettes !

Mardi 9 juin, 19h16
De: @nge
À: S@nd
Objet: Intégrer *Flash for me*

Coucou Sand,

Alors, tu es prise ? J'ai hâte de savoir ! Un petit mail, s'il te plaît !

Mercredi 10 juin, 13h48
De: S@nd
À: @nge, M@r, Sol
Objet: re: Intégrer *Flash for me*

YES ! Je vais jouer dans le groupe d'Hakim. Merci d'avoir toutes pensé à votre Sand adorée. Ça s'est trop bien passé ! Franchement, pour répondre à Mar, j'ai flashé, oui ! Ces mecs sont trop cools. Quand je suis arrivée avec ma petite basse, j'avais l'impression d'être une débutante et puis, je ne sais pas, l'esprit de Flea des *Red Hot* a soufflé sur moi et le trac s'est envolé. Je me suis lâchée, éclatée, amusée et j'ai su dès la dernière note qu'ils ne pouvaient que me dire : « Oui, tu es notre bassiste ! » Et c'est ce qu'ils ont fait. Je suis trop contente !!!!! Premier concert pour la fête de la musique, je ne vous dis pas comment je vais devoir bosser. Vous n'allez plus trop entendre parler de moi, mais mon cœur et ma basse feront boing boing pour vous !

Carnet d'Angela
Vendredi 12 juin

Salut Tristan,

Toujours pas de nouvelles de Ben. Ça fait plus de dix jours que je lui ai écrit. Je commence à me dire qu'il ne répondra pas, que tu vas lui souffler de ne pas répondre, c'est dommage... Je me sens comme une Cocotte-Minute, en ce moment, prête à exploser. J'ai tellement envie que Ben réponde, j'ai l'intuition qu'il a des choses à me dire.

J'ai parlé de nous aux jumeaux. J'étais étonnée que ça soit tellement facile. Je leur ai raconté que j'avais déjà eu deux amis très proches et j'ai eu envie de leur montrer une photo de nous avec Ben devant le manège. Je crois que ça me plaît bien d'être la seule fille avec deux garçons. Les jumeaux sont des amours, je ne peux qu'être amoureuse d'eux : ils viennent de m'inviter à un festival de rock en juillet. J'ai dit oui sans même connaître les groupes qui jouent. Être avec eux, ce sera forcément top ! Ça va passer vite jusqu'aux vacances ! Déjà, ce week-end, on part faire du bateau en famille. La semaine prochaine, j'ai un voyage de classe et on va à... Saint-Malo ! Quentin et Timothée m'ont promis de se débrouiller pour me retrouver quand on aura « temps libre ». Ça va être super de découvrir leur ville ! Peut-être qu'eux pourront venir à Cherbourg cet été en même temps que mes Inséparables. Quelle bande merveilleuse ! En y pensant, je ne sais pas si j'ai trop envie que Sol soit dans les mêmes parages que Quentin et Timothée… Ça serait peut-être mieux qu'ils viennent avant qu'elle et Sand n'arrivent, quand Mar sera toute seule ? Oh là là, j'ai trop hâte de la voir ma Rounette ! Allez, plus que trois semaines et c'est les vacances !!!

JustFriends. Groupe Les Parasols de Cherbourg. Samedi 13 juin, 10 h 03

ANGE
Ohé, du bateau ! Les filles, vous êtes co ?

SAND
Mais oui, Ange. Je suis chez mes parents ce week-end.

ANGE
Et Mar, l'est par là ?

SAND
Tu rêves, chérie. Mar est sous la couette jusqu'à poulet rôti.

SOL
Et moi, je suis à Paris, chez Estelle. On vient de l'apprendre, ma mère sort de l'hôpital la semaine prochaine. Et après, elle vient se refaire une santé à la ferme.

ANGE
Génial !

SAND
Moi, le week-end prochain… normalement je suis chez Dame Isabelle ! Grrr…

ANGE
Du coup, Sol, tu vas louper les quinze derniers jours de cours pour être avec elle ?

SOL
Non, je finis l'année à Raymond-Poincaré, mais je la retrouverai le week-end chez Sand…

SAND
On lui fera des doubles câlins en sandwich fille-nièce !

SOL
Ça va la requinquer, vite fait !

ANGE
Mais, cet été, Sol, tu viens bien à Cherbourg ?

SOL
Oui, on reste en métropole jusqu'en août. Je profite bien de vous et après, zou, quand ma mère a repris ses couleurs, on rentre en Martinique. Je serais tellement contente de rentrer dans mon île, si vous saviez !

SAND
Ah bon ? Les betteraves, les frimas d'avril, le lycée Poincaré, Lola, tout-ça, tu n'as pas accroché ? Comme c'est étrange…

SOL
C'est sûr que mon tonton et ma tata vont me manquer. Et Lola, je ne t'en parle même pas…

SAND
Tu vois, je te l'avais dit ! Elle est carrément insuppor-

table, tu ne voulais pas me croire, personne ne voulait me croire !

SOL

C'est tout le contraire, ma couz ! Lola et moi, on est devenues super-super amies, on est trop tristes de se quitter. Comme elle ne fait rien pendant les vacances, je l'ai invitée à passer quelques jours avec nous dans le grenier de Cherbourg. Ça ne t'embête pas trop ?

SAND

T'es malade ????? Tu veux quoi, que je chope une crise cardiaque alors que ma vie vient à peine de commencer ? Lola, à Cherbourg ! Mais tu délires, Sol, comment tu peux me faire un coup pareil ?

ANGE

Sand ??? Ben alors, elle est partie… Petit pois pulvérisé, encore une fois, on dirait.

SOL

Atomisé, tu veux dire ! Je me marre, Ange, si tu savais comme je me marre !

ANGE

Eh bien, on dirait que tu es la seule. Pourquoi tu as invité Lola ?

SOL

Mais je ne l'ai pas invitée ! C'était juste histoire d'agacer un peu, Sand. Tu vas voir comme elle va bien répéter aujourd'hui, elle ne joue jamais aussi bien que quand elle est en colère !

ANGE

En vrai, ça se passe comment la cohabitation avec Lola ?

SOL

En vrai, Lola, elle est totale glue. Moi, j'aime bien la compagnie et papoter juste pour faire de l'air, ça ne me dérange pas trop, alors au début je trouvais ça sympa. Mais là, je n'en peux plus. Je ne sais pas comment me débarrasser d'elle, je me la traîne partout. Quand elle a appris que je ne serais plus là l'an prochain, elle a fondu en larmes. Je te jure, elle ne pouvait plus s'arrêter. Et depuis, elle n'arrête pas de me faire des cadeaux. Ma panoplie de tops paillettes a triplé en quelques jours…

ANGE

C'est triste…

SOL

Oui… Enfin ils ne sont pas tous moches, non plus.

ANGE

Je veux dire : c'est triste, cette fille qui s'est accrochée à toi comme ça, comme si elle n'avait rien d'autre au monde.

SOL

C'est vrai, je n'y avais jamais réfléchi sous cet angle. Tu as raison, il faut que je sois gentille avec elle… Hum…

ANGE

Tu pourrais l'inviter à Cherbourg, cet été, non ? ;) !

Mardi 16 juin, 1h45
De: Benj@min
À: @ngel@
Objet: re: Salut

Salut Angela,

Ton mail m'a carrément surpris et j'avoue qu'il m'a fallu du temps pour m'en remettre. Bien sûr, ça m'arrive de repenser au collège et à notre année de quatrième, mais j'ai plutôt essayé d'oublier tout ça. En tout cas, je ne m'attendais pas du tout à ce que tu m'écrives. Tu as bien fait ! Tu n'as pas l'air d'avoir changé. Toujours ta façon d'avancer en douceur, mais sans oublier la franchise, avec les reproches bien rangés en P-S. Je suis désolé de t'avoir laissée sans nouvelles à l'époque, je me sentais très mal !

J'habite toujours dans le sud et je m'éclate avec la voile. Tu en fais à Cherbourg ? Seul dans les vagues et l'immensité marine, je ne connais rien de meilleur, surtout quand ça cogne un peu.

Désolé, Tristan ne m'a pas parlé de la fille qu'il avait rencontrée, mais je ne pense pas que ça suffise pour expliquer ce qu'il a fait. Et surtout, ne pense pas que tu y es pour quelque chose, c'est des conneries.

J'espère avoir de tes nouvelles bientôt.
Benjamin

JustFriends. Groupe Les Parasols de Cherbourg. Jeudi 18 juin, 18h10

SOL

Les filles, vous êtes là ? Ma maman vient de revenir de Paris. Elle va bien, super trop bien ! Trop, trop contente ! Je loupe la journée de demain pour être avec elle.

MAR

Amen ! Tu tombes pile poule pour la bonne nouvelle : mon conseil vient de se terminer et… je passe en première L ! Ce soir, orgie de séries et de fraises Tagada ! Sauf si mon papa m'emmène fêter ça au restau… Ange ? Tu es par là ?

SOL

Ange, ça fait trop longtemps que tu ne t'es pas co… On ne t'a pas vue de la semaine !

ANGE

Salut, je marchais sur les remparts de Saint-Malo en compagnie de mes deux farfadets bretons…

MAR

Tu as fugué ? Toi ?

ANGE

Mais non, j'étais en voyage avec ma classe. On s'est retrouvés une après-midi avec les jumeaux et on s'est trop marrés. J'ai dû faire semblant de me perdre pour les rejoindre derrière les remparts. Je ne crois pas que mon prof y a vraiment cru… mais bon, il a été sympa. Et comme j'avais mon appareil, on s'est fait une séance photo géniale sur la plage !

SOL
On veut voir ! On veut voir !

ANGE
Je vous enverrai ma sélection… Timothée et Quentin en pleine bataille d'algues sur les rochers, ça vaut de l'or ! Et ça me change des cartons !

MAR
Bbbbbbrrrrrrr, tu me fais bloublouter !

ANGE
Et aussi je voulais vous dire, Benjamin m'a répondu.

SOL
Quand ça ?

ANGE
Pendant que j'étais en voyage de classe.

MAR
Alors, c'était B comme Barbapapa ou Benco ?

ANGE
Il n'en sait pas plus que moi. Je suis super déçue. Je ne sais pas pourquoi, je m'étais imaginé qu'il allait me révéler un genre de grand secret qui aurait tout expliqué. Je suis quand même contente qu'il m'ait écrit. Il est tellement timide et réservé ! Il fait de la voile. Je me demande à quoi il ressemble maintenant.

SOL
Est-ce qu'il a du poil sous les bras et des pectoraux ?

ANGE
Par exemple et d'autres choses. À poursuivre…

JustFriends. Messages privés.
Dimanche 21 juin, 14 h 03

ANGE

Coucou, Sand. Alors le concert avec *Flash for me* pour la fête de la musique ?

SAND

Premier et dernier concert. Je ne rejouerai jamais avec ces connards.

ANGE

Eh ben ! Raconte…

SAND

Le concert a commencé en retard, Hakim était vénère parce que l'ingé son faisait n'importe quoi et il a plu à partir de notre troisième chanson…

ANGE

Pas super, les conditions.

SAND

En même temps, on a bien joué, le public est resté malgré la flotte, super motivé. Je trouve que ça le faisait malgré la pluie et le son pourri…

ANGE

Et au final ?

SAND

Hakim n'a pas voulu faire de rappel. Il était en boule et il s'est mis à m'insulter à peine le concert terminé parce que j'avais pas suivi le dress code.

ANGE

????

SAND

Chemise blanche… Franchement qu'est-ce que ça peut foutre que j'ai mon cuir rouge plutôt qu'une chemise blanche ! Bref, il m'a fait un caca nerveux. Les autres avaient l'air de penser qu'il avait raison, que j'avais pas l'esprit de groupe, et je me suis barrée. Je suis dégoûtée, tu imagines.

ANGE

Oh là là… Tout ça pour une chemise blanche.

SAND

J'ai oublié de te dire : Hakim a une chemise rouge sur scène. Apparemment, je lui faisais de l'ombre derrière ma basse !

ANGE

Peut-être qu'il s'était fait larguer ce jour-là…

SAND

Peut-être aussi qu'il s'était fait larguer, mais de toute façon, ça ne change rien, je ne veux plus jouer avec des cons aux egos surgonflés à l'hélium !

> Mardi 23 juin, 1h45
> De: Benj@min
> À: @ngel@
> Objet: Le mystère B.

Salut Angela,

Peut-être que tu vas m'envoyer un nouveau mail un de ces jours pour me poser des questions sur ma nouvelle vie. Comme moi, j'ai envie de t'en poser à toi : est-ce que tu te plais à Cherbourg ? Est-ce que tu as des amis ? Qu'est-ce que tu écoutes comme musique ? Est-ce que tu fais encore des jeux de rôle ?

Avant qu'on puisse faire ça, je préfère faire place nette. La dernière fois, je t'ai menti. C'est tellement dur pour moi de repenser à toute cette période que je n'ai pas eu le courage de te dire la vérité. Car oui, je sais qui est B.

B., c'est moi.

Si tu savais combien de fois je me suis repassé le film ! Je me sentais bien avec vous deux, j'étais trop content d'avoir trouvé deux potes au collège. Je n'avais pas tilté que Tristan tombait amoureux de moi. Jusqu'au soir où il a voulu m'embrasser. Et je l'ai repoussé d'un air dégoûté. Si tu veux tout savoir, je l'ai même traité de « pédé ». Glorieux, non ? Qu'un garçon me prenne par le cou pour m'embrasser, ça m'a complètement agressé. C'est sûr que je ne voulais pas embrasser Tristan, mais je ne voulais pas le blesser non plus. Quand j'ai appris qu'il s'était suicidé, j'ai arrêté de manger et de dormir pendant deux jours. Je n'ai parlé à personne de ce qui s'était passé. Je me suis dit que ses parents ne le supporteraient pas… et puis, ça m'évitait de parler de mon sale rôle dans l'histoire. Mais je pensais que, toi, tu étais peut-être au courant, que Tristan t'avait parlé de moi. Et j'avais peur que tu me juges ou que racontes ça à d'autres. Depuis tout ce temps, j'ai fait ce que j'ai pu pour ne plus y penser.

Voilà. Je sais que tu as de bonnes raisons pour me détester, maintenant. Mais je me sens carrément mieux de t'avoir parlé, ça m'a soulagé d'un poids énorme. Et je te remercie d'avoir eu le courage de soulever cette grosse pierre. Si tu ne m'en veux pas, j'aimerais bien aussi lire le journal de Tristan. Est-ce que tu veux bien me l'envoyer ?

Je t'embrasse,

Ben

Carnet d'Angela
Jeudi 25 juin

Tristan,

Pourquoi tu ne m'as rien dit ? De quoi est-ce que tu avais honte ? Tu étais amoureux, mais Ben, est-ce que tu as pensé à lui ? À ce qu'il allait endurer après ton suicide ? Je t'en veux, j'étouffe de colère et de chagrin. J'aurais préféré ne rien savoir. Non, ce n'est pas vrai. Même si c'est dur, je préfère savoir.

JustFriends. Groupe Les Parasols de Cherbourg.
Vendredi 26 juin. 22h10

SAND

Hello, les filles. Je suis chez Dame Isabelle. Et devinez quoi ? Un truc totalement improbable ! On vient de faire de la musique ensemble. Elle, au violon, moi à la basse. Une tuerie… Bon, on n'a pas tout à fait le même répertoire, ni les mêmes goûts, mais on a réussi à faire quelques reprises des Beatles. Elle chante super bien, en tout cas. On s'est tellement bien marrées, si vous saviez… Vous imaginez le duo ?

MAR

Non pas vraiment... Vous allez monter un groupe toutes les deux ?

SAND

Heuh, pas tout de suite quand même. Mais franchement, j'étais tellement déconfite après mon expérience *Flash for me*, ça m'a refilé une pêche d'enfer.

MAR

Tiens, je vois notre angelot qui clignote, les nouvelles du jour ?

ANGE

Une bombe atomique est arrivée sur ma boîte mail. Un truc inimaginable. B., c'est Benjamin

MAR

Non ? C'est furieux cette histoire ! Comment ça Benjamin ?

ANGE

Oui, Tristan a voulu embrasser Benjamin qui l'a repoussé. Tristan allait vraiment mal et il n'a pas dû supporter de se sentir rejeté. Il s'est suicidé. Benjamin n'en avait jamais parlé à personne et il se sent coupable depuis.

SOL

Tu m'étonnes que tu n'y comprenais rien... En tout cas, ce Benjamin, il a dû dérouiller lui aussi !

SAND

Tu lui en veux de ne pas t'avoir parlé ?

ANGE

Certainement pas ! Je ne sais pas quoi lui dire, mais ce n'est pas juste qu'il porte ça !

SAND

Tu as raison ! Ni toi ni lui n'avez à encaisser un truc pareil !

SOL

Alors dis-lui juste ça : que ce n'est pas juste qu'il porte un truc aussi lourd.

ANGE

Il voudrait que je lui envoie le journal de Tristan. Est-ce que vous croyez que j'ai le droit de faire ça ? Est-ce que je dois demander aux parents de Tristan ?

SOL

Ils te l'ont donné, ce journal ?

ANGE

Je n'en sais rien.

MAR

Il faut que Ben le lise aussi.

SAND

D'accord avec toi, Mar. Ben est carrément concerné. Il a le droit de le lire.

ANGE

Je crois que c'est ce que je pense aussi. Merci, les amies. À plus tard.

Vendredi 26 juin, 23h54
De: @nge
À: Benjamin
Objet: re: Le mystère B.

Salut Ben,

D'abord un grand merci pour ta sincérité et pour ton courage. Je me mets à ta place, et je me dis que tu as dû sacrément en baver. Je suis triste de n'avoir rien compris, et je suis triste parce que Tristan nous a entraînés avec lui dans un trou noir. Peut-être que, si on avait réussi à se parler à ce moment-là, au lieu de rester chacun dans son coin avec son chagrin et ses questions, on s'en serait mieux sortis. Mais il n'est pas trop tard. Je t'envoie le journal dès demain. Et j'aimerais bien qu'on continue à s'écrire et pas que pour parler du passé ! Moi aussi, j'ai envie de savoir à quoi ressemble ta vie d'aujourd'hui. Et j'ai envie de te parler de la mienne. Je suis devenue amie avec trois filles qui méritent le détour et je suis la sœur toute fraîche de trois garçons. Une année bien remplie comme tu peux le voir !

Si tu veux, cet été, tu peux venir à Cherbourg. Même si la maison risque d'être bien pleine, on a un grand jardin et tu pourras y planter une tente. Mon beau-père a un bateau, je suis sûre qu'il te le prêtera. En tout cas, ça me ferait vraiment plaisir de te voir.

Je t'embrasse,

Angela

Vendredi 26 juin, 0h14
De: Benjamin
À: Ange
Objet: re: re: Le mystère B.

Salut Angela. Alors pour Cherbourg, je te dis oui tout de suite. Au mois d'août, j'ai trouvé un petit boulot d'entretien dans un chantier naval, mais en juillet, je ne fais rien. Et comme je n'ai jamais navigué en Normandie, ça me ferait super plaisir. Bon, ce sera double plaisir puisque, moi aussi, j'ai bien envie de te revoir.

Bises,

Ben.

JustFriends. Messages privés.
Samedi 27 juin. 22h10

SAND

Ange, tu es par là ou tu dors déjà ? J'ai un truc pour toi…

ANGE

Pour moi ?

SAND

Enfin, pas tout à fait. Avec Dame Isabelle, on a improvisé sur un texte que j'ai écrit. Une chanson pour lui.

ANGE

Pour qui ?

SAND

Pour Benjamin.

ANGE

Oh génial ! Il va sans doute venir à Cherbourg, j'aimerais bien que vous fassiez sa connaissance.

SAND

Je la trouve terrible son histoire. Je n'arrête pas d'y penser. Ce matin, en tapotant ma basse, il y a un air qui m'est venu et une chanson. J'ai fredonné l'air pour Dame Isabelle et on a cherché l'harmonie et les arrangements. Ce n'est pas mal du tout…

ANGE

Vas-y, je veux entendre.

SAND

Euh là, il y a encore du boulot dessus. Je t'envoie le son dès qu'on a fini. Bon déjà, je peux te filer le début des paroles :

Tu sais que je t'aime beaucoup
Mais mon cœur n'est pas pour toi
Je veux pas te mettre un coup
Mais je ne te mentirai pas

Tu es mon meilleur copain
Le problème est peut-être là
Rien à espérer demain
Non je ne mentirai pas

Voilà, c'est tout pour le moment…

ANGE

Oh, mais c'est génial ! Il faudra que je lui fasse passer…

SAND
Ce n'est pas fini ! Tu ne lui envoies pas maintenant, hein ?

ANGE
D'accord, mais continue, ça va le toucher, c'est sûr.

SAND
OK, j'y retourne alors… Bisous, bel ange.

ANGE
Ciao, Sand.

JustFriends. Groupe Les Parasols de Cherbourg. Jeudi 2 juillet. 21h30

ANGE
Les amies, les chéries. Je suis totalement dépitée. Et maintenant que tout est à l'eau, je peux bien vous le dire : mon organisation pour le début des vacances était juste parfaite.

SAND
Comme tout ce que tu fais, little angel.

SOL
T'as l'air tout chiffonné, mon rossignol…

ANGE
Ne riez pas, je suis hyper de mauvais poil. Tout était nickel, bien organisé : samedi matin, début des vacances, les cousins de Saint-Malo arrivent. Je profite de mes deux jumeaux adorés (deux jours pour moi toute seule avant que vous ne débarquiez toutes les trois). Là, je

vous attends sur le quai de la gare, je profite de vous quelques heures en privé et après, hop, lancement officiel des grandes vacances du siècle, avec les Bisla de Saint-Malo, les Bisla de chez-moi, maman, vous trois, Ben et moi. Le bonheur sous les lampions du jardin de ma nouvelle maison énorme que vous ne connaissez pas, avec Xavier en tablier derrière son barbecue enfumé, les enfants qui jouent à cache-cache, les ados qui se marrent pour un rien et les adultes qui picolent gentiment en admirant tout cette belle jeunesse. J'avais la photo devant les yeux tellement j'y croyais…

MAR

Ben dis donc, ça te rend bavarde, les enquiquillades.

SAND

Ange, c'est beau ce que tu nous racontes. C'est comme si j'y étais, j'en pleure, à cause du barbecue, sans doute…

SOL

Mais… la suite, c'est quoi ????

ANGE

Mais voilà, maman a décidé que, comme elle a une semaine de RTT à prendre, on part faire un petit tour ailleurs toutes les deux.

SAND

Ta maman kiffe le concept de « vacances dernière minute », depuis quelque temps.

ANGE

Sans doute depuis qu'elle connaît Xavier, l'apôtre de l'instant présent, elle ne parle que de ça « saisir le moment qui passe ». Vous pigez ?

MAR
Pas trop. Mais vous allez où en vacances de la dernière chance ?

ANGE
Devinez. À Marseille ! Des questions ?

SOL
Euh… je me lance : vous allez faire quoi ? Des visites ?

ANGE
Oui, elle dit qu'il faut boucler la boucle, saluer les parents de Tristan, voir quelques amis d'avant, peut-être même qu'on fera un saut pour voir Ben et on ira aussi au cimetière pour voir Tristan.

SOL
Euh, c'est une drôle d'idée, non ???

SAND
Sais pas. Pourquoi pas ?

MAR
T'en penses quoi, Angelette, t'as envie un peu, passionnément, à la folie ?

ANGE
Pas du tout. Aucune envie d'aller à Marseille, mais maman dit qu'il y a quelque chose qu'on n'a pas terminé là-bas, qu'on s'est enfuies et qu'il faut qu'on referme la page. Moi, je l'ai refermée la page. Moi, pas envie suivre programme de maman. Moi, envie de rester ici avec jumeaux et avec vous. Et en plus, Ben risque de venir lui-aussi.

SAND
Oui, mais avec les jumeaux d'abord, non ? Allez avoue, que tu les aimes plus que nous.

MAR

Fais pas ta jalouse, Sand. « Pas sans toi, pas que de toi », tu te souviens, le slogan de l'été ?

SOL

Eh, les loukoums, écoutez-moi bien : c'est trop triste que le plan d'Angela pour nos retrouvailles tombe à l'eau. On est d'accord ?

SAND

Dès qu'on organise un truc, faut que ça foire.

SOL

Sand, ne me coupe pas s'il te plaît. Donc je disais que c'est trop nul, trop mauvais sort, mais attention, il y a un autre versant : celui qu'on ne voit pas et pourtant qui est dans la lumière…

SAND

De quoi elle parle, ma cousine ?

MAR

Sol, respire, ma douce, laisse les voix te lâcher la grappe…

SOL

Ce que je veux dire c'est : Ange, tu t'en fous d'aller à Marseille faire des trucs que tu n'as pas envie de faire parce que ça ne te concerne plus, non ? Tu préfères rester à t'éclater avec tes amoureux et tes amies.

ANGE

Oui, oui… ???

SOL

C'est pas de la lumière, ça ? Le passé, les secrets, les chagrins… Ange, elle n'en veut plus ! Ce qu'elle veut, c'est être au soleil, elle veut des amies, des amoureux, des soirées sur la plage, des concerts et des belles photos…

MAR

Yeaahhh. Sol, tu nous éclaires. Je me vautre d'humidité devant ta sagesse.

ANGE

Elles sont folles ! Sand, tu es encore vivante ?

SAND

Plus pour longtemps. J'ai tellement hâte qu'on se retrouve… Ange, tu fais signe dès que tu reviens de Marseille ?

ANGE

À peine je pose le pied à Cherbourg, je vole vers vous.

SOL

Eh, attendez, je n'avais pas fini. Pourquoi elle ne lui dirait pas non, à sa maman, Ange ?

MAR

Ben oui, pourquoi tu ne lui dis pas que ça ne te dit rien d'aller renifler les cimetières ?

ANGE

Je ne sais pas… Peur de lui faire de la peine ? Elle n'arrête pas de répéter que c'est une super idée…

SAND

Tu pourrais juste dire ton envie à toi, qui est d'être avec nous…

MAR

Oh voui, ce serait tellement luxueux si tu nous attendais sur le quai de la gare. Dis non à ta maman… Tu as le droit, de temps en temps, tu sais ?

SAND

Allez, petit Nange, il est temps de faire ton ado chiante, un peu…

ANGE

Je vous ai écoutées sur plein de trucs, mais là, je ne sais pas… J'ai du mal à dire non à ma mère, surtout quand elle dit que ça va me faire du bien.

SOL

Comme tu veux… C'est quoi déjà ta nouvelle adresse, qu'on aille reluquer les jumeaux avant que tu arrives ?

ANGE

Traîtresse !

MAR

Elle plaisante. Des baisers sur vous comme s'il en pleuvait.

Carnet d'Angela
Jeudi 2 juillet

Tristan,

Il est presque rempli, le petit carnet que Mar m'a offert. Je n'ai plus envie de l'ouvrir, plus envie de t'écrire, encore moins de relire, alors je crois que je vais le brûler, je vais faire un grand feu de joie, j'inviterai les Insép et on mettra tous nos boulets dedans. Ou sinon, moins spectaculaire, je le coince au fond de mon armoire derrière les cartons de fringues d'hiver, et je le laisse pourrir, en me disant qu'un jour où je ferai un sérieux rangement, dans cinq ou dix ans, je tomberai dessus et peut-être que ça me fera plaisir de le relire. Qui sait ?

J'ai dit à maman que je ne voulais pas aller à Marseille réaliser son programme de boucle à boucler. Je lui ai dit d'y aller toute seule, si elle veut. Moi, je reste ici et je fais comme prévu. Maman n'a pas eu l'air triste. Elle m'a regardé d'un air ébahi et elle a dit avec un petit sourire : « Tu me surprends, ma fille. » Elles ont raison, les Inséparables, ce n'est pas souvent, que j'ose dire « non, je ne veux pas ». Maman ira donc toute seule à Marseille pendant quatre jours. Elle verra tes parents et des amis à elle. Et elle ira aussi sur ta tombe. Ou pas. Moi, j'irai plus tard, un jour, quand je le sentirai. Pour l'instant, je reste ici avec Xavier. J'attends mes amis. Je n'ai dit à personne que, finalement, je serai là pour le début des vacances. J'ai hâte de voir la tête de Tim et Quentin quand ils arriveront demain à la maison et qu'ils me trouveront dans la cuisine en train de leur préparer des crêpes. Surprise ! Hâte de voir la tête des filles quand elles débarqueront du train et qu'elles me trouveront sur le quai. Surprise !!! J'espère que ça va bien se passer entre les jumeaux, Ben et les Inséparables. Surprise…

Plein de surprises pour démarrer les grandes vacances du siècle. Oh, j'ai hâte…

LAURENCE SCHAACK

Laurence m'a invitée à écrire en duo comme on part en randonnée dans les Pyrénées (c'est son pays). Tôt le matin, le cœur gai, d'un pied alerte, des chansons dans la tête. Nous avons marché parfois d'un bon pas, parfois en flânant dans les petits sentiers ou même sous la pluie sur des parois escarpées. Mais (quelle facilité pour moi !), je n'ai jamais eu peur, mon amie connaissait le chemin.

On ne s'est pas connues à quatorze ans et nous ne sommes plus vraiment des adolescentes mais, avec ma co, ça a été facile de repartir des années en arrière pour retrouver le goût piquant de cette époque. Comme Mar, Sand et Sol, on habite loin l'une de l'autre et on échange beaucoup par écrit. Les personnages du livre se sont nourris de nos précieux « moi » adolescents, de nos vrais ados joyeux et mystérieux et de nos petites histoires d'amies, de mères, belles-mères, filles, amoureuses…

Françoise

FRANÇOISE DE GUIBERT

Françoise et moi, à nous deux, on a huit enfants, une cinquantaine de livres publiés et une bonne vingtaine d'années d'amitié. Ça impose, non ? Bizarrement, c'est très léger, entre nous. C'est marrant, c'est direct, c'est roudoudou. Et ça l'est encore plus depuis qu'on écrit ensemble… On est comme les trois ou quatre, on est loin l'une de l'autre, on s'écrit souvent et on se voit une fois l'an. Il m'arrive de l'imaginer en train de traverser son jardin plein de fruitiers, sous le crachin (elle habite en Bretagne) pour rejoindre son bureau au bout du sentier, sa cabane en bois où l'attendent Mar, Sol, Sand et Ange. Et de me dire que j'ai de la chance d'avoir une co avec qui je puisse partager tant d'amies…

Laurence

ENVIE DE DÉCOUVRIR
DES EXTRAITS D'AUTRES ROMANS ?
ENVIE DE PARTAGER
VOS AVIS SUR VOS LECTURES PRÉFÉRÉES ?
ENVIE DE GAGNER DES ROMANS EN EXCLUSIVITÉ ?
REJOIGNEZ-NOUS SUR

www.lireenlive.com

ET SUIVEZ EN DIRECT L'ACTUALITÉ
DES ROMANS NATHAN

FSC www.fsc.org MIXTE Papier issu de sources responsables FSC® C022030

N° d'éditeur : 10218628
Achevé d'imprimer en août 2015 par CPI Firmin-Didot
(27650 Mesnil-sur-l'Estrée, Eure, France)
N° d'imprimeur : 130249